小さな書斎から

砂原和雄

Kazuo Sunahara

静人舎

目次

望郷

横浜

美との邂逅

旅情

思い出すこと

生と死

小さな書斎から

カバー・本文写真　砂原和雄
デザイン　鈴木伸弘

望郷

星のふるさと

「実家のある星野村へ案内したい」と誘われた。星と野と、響きがよく美しい村に違いないと思った。そこは星のふるさと、星の降る村で、美味しい玉露の産地でもある。また村の川を覗くと、川底の小石までよく見え、夏には川の上に蛍が舞うという。すぐ行って見たい気持ちになった。

福岡市の中心街から車で二時間余り、さらに峠の坂道を上ること小一時間。星野村は、南側と北側とに連なる高い山に抱かれたこぢんまりした村で、村の真ん中を東西に小川が流れ、その脇に道路があり、民家が点在していた。

北側の山の上の公園から、星野村が一望できた。陽当たりのいい南側の山の斜面はお茶畑が広がり、ところどころに石積みの棚田が曲線模様を描き山の頂へと連なっている。

夜、公園の広場に立つと、星の降る夜空が眺められ、高台に建つ星の文化館の大型望遠鏡で移り行く星空を観賞できる。

星野村は自然の恵みにあふれ、予想以上に美しい村であった。純朴な顔つきの村の人たちと話すと心が和む。

公園の一角にある茶の文化館の座敷で玉露を飲みながら村の佇まいを眺める。それは、まさに至福の時であった。

そもそも名も知らなかった星野村へ誘ったのは、東京から福岡へ転勤した長男が見初めた婚約者の父親であった。私は静かな村を見つめながらこんな美しい所で育った娘さんは素晴らしい心の持ち主に違いないと思ったものである。

私のふるさとの奥飛騨も、山々に囲まれており、夜には星の一つひとつがまばたきしているように見えた。天体観測用の大きな天文台もある。どこか星野村と似ていると思った。

晴れた夜に見上げる美しい星空は、未知へのロマンをかきたて、過去の思い出を記憶の底から手繰り寄せてくれるものだ。

私は生まれ育った奥飛騨を思い、自らの人生を振り返った。

地元の高校を出て東京の大学へ進学するため旅立つ前の夜だった。裏庭で星空を仰ぎ見ていた私に母が語りかけた。

「今夜は星がきれいだね」

「うん、星の一つひとつがくっきりとよう見える」

「明日もいい天気だな」

母はぽつりと言った。

私は、星空にまだ見ぬ東京の夜空を思った。それは霧がかかって星の見えない不確かな空に思えてきた。そして、無性に寂しくなり、この美しい星空を眺めるのは最後のような不安な気持ちになった記憶がある。

その後、社会人となって結婚し横浜に住み二人の子どもの親となる。仕事は忙しく家族を育むのに精一杯の日々が続いた。帰郷するのは年に一度か二度、夜に一人星空を見上げることもなく年月は過ぎた。

久し振りに帰郷したとき、年老いた母が真剣な顔で問いかけた。

「いつになったら、ふるさとへ帰ってくるのだ」

「それは……」

咄嗟に答えられなかった。母の言葉は沈思黙考したうえの重いものであった。母の気持ちがわかるだけに、曖昧な返事もできず、無言のまま頷いた。母は、二度と問うことはなかった。

母は八十五歳で他界した。年にいちどは帰郷し墓参りをする。晴れた夜は裏庭に出て星空を見上げる。そして今、母がいないふるさとは遠い存在になったような寂しい気持ちになっている。

長男の嫁の実家のある星野村を目の当たりにして、この村が新しいふるさとのように思われてきた。何かの因縁であろうか。それとも星のせいだろうか。

円空仏と飛驒人

めったに夢を見ないのに、久しぶりに帰郷し、奥飛驒の山里に円空仏を訪ね、その顔に見入っていたとき、ふと母の面影が瞼に浮かんだ。円空仏の顔が年老いた母の顔と重なり、そのうち母と対面しているような気持ちになったのである。

円空は、岐阜県に生まれ、鉈《なた》一丁を持ち、全国各地を行脚して十二万体の仏像を刻んだ。私の郷里の飛驒地方には、円空の仏像が数多く散在している。

晩年の傑作といわれる「両面宿儺《すくな》」像をはじめ、六四体の仏像を展示している千光寺はよく知られているが、山裾の小さな祠の中に、二、三対の仏像が野仏のようにひっそりと立っているのも珍しくない。

十一面千手観音像を真ん中に三つの仏像を祀った清峯寺もその一つである。山裾の狭い砂利道を登った寺の脇の祠に、三つの仏像が寄り添うようにしてほほえみかけている。

古ぼけた祠に納められている仏像は、野に立ち風雨に晒されていたのか、すっかり褪せており、実直で素朴な感じの飛驒人を彷彿とさせる。そんな仏像に出会うと、なぜかほっとした気持ちになる。

私は、円空仏を前に僧、円空の生き様を思う。

円空仏の形は大小まちまちだ。何のこだわりもなく、その場にあった適当な大きさの木材を断ち割り、その一片に鉈一つで削りだした感じのものが多い。見るからに荒々しく、中には未完成な感じさえするものがある。

しかし、円空仏は、一見、それが荒削りの木っ端の域を出ないようなものであっても、見る人の心に訴えるものを秘めている。仏像に芸術的な美を超えたもの、それを祈りというか魂というか、材料の木材に向かって鉈を握った円空の精神がこもっている。もしかすると、円空は木材の中に宿る仏像を見つめ、鉈に祈りを込め、一気に削りだしたのではないだろうか。

円空仏の顔もさまざまだ。凛々しい顔立ちもあれば、憤怒の形相もあるが、総じて慈愛に満ちた笑みを浮かべている。

深い山襞を分け入った地ゆえ「ひだ」と呼ばれたという説もあるが、飛驒は山国である。高い山々に囲まれ、冬は寒く大雪に見舞われることも珍しくない。苛酷な自然の中に人の住む集落があり、小さな祠が山裾にひっそりと建つ。そこに土を耕し神仏を崇め、清貧に生きてきた飛驒人の素朴な姿が偲ばれる。

山間の村から峠を越えると、黒い格子の街並みで知られる高山や古川の町に出る。どんな山間の村も、いまや生活習慣は激変し、格差のない時代となったが、大地に根を張って土とともに生きてきた飛驒人の心は変わりない。
私の母は、奥飛驒の山間の旧家に生まれ、二十二歳で結婚した夫が落雷で死亡したあと、妻が病死して跡継ぎがいないと困っていた父に

見初められ、再婚して同じ飛驒の里に出た。父は寛政十二（一八〇〇）年創業の石屋の本家の四代目であった。母は、二十歳も年長で職人気質の厳しい父に仕え、傍ら広い田畑を耕す毎日。ひたすら働く真摯な人生であった。

母は父に先立たれたあと、まだ幼かった私たち四人の子どもを育て、八十五歳で亡くなった。地元の高校を出て、東京へ旅立つ次男の私に「自分でいいと思う道を歩け」と、ひと言いって見送った。その真剣な眼差しが忘れられない。晩年、「子どもが育ち跡継ぎもできて幸せだ。父ちゃんも喜んでいるよ」と笑みを見せたことがある。

その笑顔が円空仏の笑みに重なるのである。

あずきな

「今日の帰りは、何時ごろになりますか」

玄関先で妻が声をかける。

「特に予定はないが、何かあるのか」

帰りは遅いものと決まっているので、帰宅時間を前もって聞かれることはめったにない。つい問いただす言葉になる。

「義姉さんが、昨日あずきなを送ってくださったそうだから、今晩帰りが早かったら、てんぷらにしようかと思います」

「あずきなか。わかった、できるだけ早く帰る。八時前に着けるだろう」

食事で帰宅時間を繰り上げられたようで、愉快でなかったが、摘みたてのあずきなのてんぷらを食べたい、という気持ちが先に立った。

「あずきな」は、五月、田植シーズンを前に、わがふるさと飛驒の野山に自生する山菜の一種で、てんぷら、おしたし、つくだになどにして食べる。摘みたては緑が美しく、青ずっぱい季節感が口に残る。

義姉が送ったと知らせたのは多分昼すぎの電話で、朝のうちに摘んだのを午後の宅急便にのせたのであろう。

便利な世の中になったと思う。飛驒の山奥の町で、午後の宅急便に小荷物をのせると、翌日の午後には、横浜の郊外の住宅に確実に届く。おかげで摘みたての山菜をそのまま送ることも可能となった。居ながらにしてふるさとの季節感を味わえる。

この宅急便に刺激されるかたちで、郵便局もふるさとの味を郵便小荷物で送るようになり、時々、ふるさとの郵便局から商品のパンフレットと注文票を送ってくる。注文票が着いたら二日以内に品物を届けるという。真空包装の発達で、草もちやだんごなど生ものも保存輸送が可能となった。冬期のつけものなど寒冷地でないとできない味も、そっくり送られるようになった。

毎年五月に、百二、三十人余りが明治神宮に集って関東飛騨古川会が開かれる。今年は十周年にあたるということで、地元から町長、町議会議長、観光部長ら十数人が参加した。

「便利になったものだ。富山からジェット機で一時間とかからないのだからな」

町長は、東京が近くなったと強調した。

これまで名古屋経由で、特急、新幹線を乗り継いで五時間余りかかったのが、富山空港のジェット化で、東京への昼帰りも充分できるようになった、という。

先日、東北新幹線に乗って仙台に行った。東北新幹線も仙台も初めて。午前七時三十分に上野を発って二時間で仙台、十時半には仙台郊外のゴルフ場に着いていた。快適な旅行で、これまで遠い陸奥と決め込んでいた東北がずいぶん近くなったことを体験した。

「仙台は広々していていいわ、両親のいる東京も近くなったし、仙台はもう子どもたちのふるさと」

　ママさんキャディの一人が、見るからに健康そうな顔をほころばせた。

　もう一人のママさんキャディは、わざとらしく顔をゆがめて言った。

「私はちょっと違うの。仙台もいいけど、やはり生まれ育った東京の下町が忘れられないわ。新幹線ができて、東京が近くなってより思いが募って困るわ。すぐ行けるのですもの」

　東北新幹線の開通で、東京と仙台がどれほど時間的に近くなったのか知らない。東京―花巻など東北への一部飛行機がだめになったと聞くから、飛行機より便利になったのであろう。それにも増して、人々の心の中で東京と東北の距離が大きく縮まったのは確かなようだ。

　帰りは、その朝とれた東北の山菜を土産に古川駅から新幹線に乗った。車窓に緑濃い東北の山並みが美しかった。青森県の人たちが整備新幹線の早期着工を願う気持ちがひしひしとわかるようであった。

墓参、ふるさと飛驒古川へ

奥飛驒の歴史を醸し出す料亭旅館、八ツ三館で一人一夜を過ごした。観月楼の窓から清らかな白波を立てて流れる荒城川を隔てて飛驒一番の木造建築という本光寺の総檜造りの本堂が目の前にどっしりと立つ。その背後に建ち連なる民家が一望できた。その向こうにたたずむ街並みを抱きかかえるように小高い山並みがつながる。

梅雨の晴れ間の穏やかな朝であった。窓を開けるとすうっと吹き抜けるそよ風に心が和み、長年の都会暮らしの疲れを癒やしてくれるふるさとの恵みを感じた。「いつ飛驒に戻ってくる」と問いかけた年老いた母の言葉がふと脳裏をよぎった。ほどなく勤めていた会社の定年を迎えるころだった。母は勤めをやめたらふるさとへ帰ってくるものと思っていたようだ。

その言葉が忘れられず、母の亡きあと年にいちどは必ず帰郷し墓前に手を合わせてきた。それが昨年はできなかった。予定していた秋口に妻の病が発覚したからで、今年は春先に天国に召された妻の死を告げる大切な墓参であった。

ここ数年、帰郷するときは昼過ぎに飛驒古川駅に着き、昼食の前に墓参を終え、しばら

くして高山へ。馴染みの古い街並みを散策して夕方の列車で下呂温泉へ行き、一泊して横浜の自宅へ戻ることにしていた。旅立ちを前に、今年はふるさとに泊まって妻と歩いた思い出の道をたどろうと心に決めていた。

飛騨古川は高山から車で十分ほどの距離にあるこぢんまりとした城下町で、江戸時代には天領として栄えた。私の生まれ育った実家近くの小公園「歌塚」には万葉の歌碑が建っている。

白《しら》眞《ま》弓《ゆみ》斐《ひ》太《だ》の細江の菅鳥《すがどり》の
妹に戀ふれや寐《い》をねかねつる
（万葉集十二巻・三〇九二）

細江は以前は古川の隣村の名で、町村合併で今は飛騨市となっている。帰郷したとき墓参を済ませるといちどはこの歌碑の前に立ち、子どものころの思い出話をしながら妻と一緒に辺りを散策したものである。

飛騨古川は、民家の軒下に「雲」の彫刻があったり出格子の商家や白壁の土蔵が建つなど飛騨の匠が息づく壱之町、弐之町、三之町と古い街並みで知られる。とりわけ造り酒屋の白壁の土蔵や円光寺の石垣の連なる通りは、脇を流れる鯉の泳ぐ瀬戸川とあいまってしっとりとした情緒を醸し出している。

この静かな通りを、明けて間もない早朝に、一人歩くのは格別であった。うす曇りの空に数羽のつばめが澄んだ鳴き声を残しては高く舞っている。瀬戸川に沿って置かれた木組みの鉢に咲く花菖蒲の紫が清々しい。懐かしくほっとするひと時であった。

円光寺の先の広場の入り口に銀杏の大木がある。その枝の下に若山牧水の歌碑が建つ。

ゆきくれてひと夜を宿る　ひだのくに　古川の町に時雨ふるなり

梅雨どきのしっとりとした朝の散策、牧水の歌がことのほか身に沁みた。

「印譜らくがん」と「味噌煎餅」の思い出

山々に抱かれた飛騨には、「印譜らくがん」と「味噌煎餅」の二つの銘菓がある。いずれも素朴で気品のある味で帰郷するたびに製造元の店を訪ねるが、ふる里の銘菓には何かと思い出が詰まっており、口にするたびにその時々の光景が浮かぶ。

印譜らくがんは武藤杏花園の特製麦らくがんだ。こんがりと焼かれた一つひとつに松尾芭蕉など飛騨高山に足跡を残した文人墨客の落款が描いてある。手にとって落款を眺めているとと素朴な麦の香りがしてくる。カチッとかみ砕いたときのほのかな甘い味は格別である。

お店は高山市二之町の静かな街並みにある。黒塗りの格子戸の玄関にかかる「印譜らくがん」と白く染め抜いた紺地の大きな暖簾がいい。玄関脇の和風のショウウィンドウも風情がある。

「印譜らくがん」を最初に食べたのは、十九歳のとき。訪ねた佐藤春夫に「飛騨の生まれならいちど、瀧井孝作に会え」と言われ、八王子の自宅を訪問した際、「高山の落雁じゃ、食え」と出された。瀧井孝作に会ったのはこの一回だけだが、このとき頂いた「印譜らくがん」の味は今も瀧井孝作と対面した光景とともに懐かしく思い出される。

「味噌煎餅」は、映画「君の名は」の聖地の一つになった飛騨古川の弐之町通りにある「味噌煎餅本舗井之廣」。明治四十一年創業。こんがりと焼いた煎餅を一枚一枚手に取って味噌のコクと味わいを生かした特製のタレを塗って仕上げる。創業以来の製法をずっと続けている。二枚ずつユネスコの無形文化遺産に登録された伝統の祭りの絵がプリントされた袋に入っており、焼きたてのパリッとした乾いた舌触りがいい。

日本茶に合う煎餅で、老いた母が生前よく手土産に持ってきてくれたふるさとの味。口にするたびに母を思い出す。

父の肩車

父の年齢を超えるころから、父の元気なころの姿を懐かしく思い出す。なかでも父の肩車は格別だ。

小学校二年生のときだった。

朝のうちから大雨が降り、学校の近くの川が氾濫して大騒ぎになった。午前中の授業の途中で、全生徒が下校することになった。慌ただしくランドセルを背負う生徒たちを教室の入り口まで迎えに来た親が一人、二人と手を引いて教室から出て行く。残った生徒は教室の片隅に寄り、激しく雨の叩きつける窓を不安気な目で見つめている。しばらくすると、私一人になった。

父ちゃんは石屋の仕事が忙しい。母ちゃんはどんな雨の中でも田圃に出ている。私は、どうするか戸惑う間もなく、みんなのあとをついて行こうと廊下に出たとき、教室のガラス窓を外から叩く音がした。振り向くと濡れた窓ガラスに貼りついている父の顔が見えた。

「父ちゃん」

私は、大声を上げ教室を飛び出した。そのときの喜びを昨日のことのように思い出す。

私の家は、小学校から歩いて二十分余り離れた村外れのため、父の来るのが遅くなったのだった。まもなく雨は上がったが、氾濫した濁流は道路を覆い、水嵩は生徒たちの膝頭までであった。手をつないだ親も膝までびしょ濡れであった。

父は、長身でがっしりした体格をしていた。ゆっくり歩く親子の列を後ろから大またで追い抜いて進んだ。私は水につかることもなく、肩車にした父の頭を両手でしっかりつかみ、級友たちを見おろしていた。そのときの誇らしい気持ちが忘れられないのである。

学校が休みだったその日も、奥飛騨で代々続いた石屋の五代目の父は、家の東側の作業場で朝から仕事をしていた。私は隣接した居間に一人いて、ガチャンと何かがぶつかる突然の大きな音に驚き、作業場を覗いた。父が墓石の上にうつぶせに倒れていた。

「父ちゃん」

「母ちゃんを呼んで来い」

父が絶叫した。

「はい」

稲穂のなびく田圃道を「父ちゃんが倒れた、父ちゃんが倒れた」と叫びつづけながら裸足で走った。

居間に寝かされていた父は、駆けつけた母の濡れた手を握って、何かしきりに口を動かし、母がその手を握り返し頷いている。私は隣にひざまずき息の切れるまで二時間余り父を見つめていた。医者が脈をとり、「ご臨終です」と告げても、涙は出なかった。父の表情は普段と少しも変わっていなかった。

そのとき、父は七十二歳、母は四十九歳、私は十一歳、小学校六年生だった。ほかに十八歳の姉、十五歳の兄、一歳の妹がいた。父は、二十九年連れ添った先妻が子どものできないまま病死したあと、一人で暮らしていたが、「何としても跡継ぎが欲しい」と願い、母と再婚したのだった。

母は田畑を耕しながら、兄を石屋の修業に出し、私を進学させ、二人の娘を嫁がせた。子育てが一段落したあと、「父ちゃんは、跡継ぎができてよかった」と喜んで逝かれたと話したことがある。また、あるとき「今は幸せです。それまでに五十年苦労してきました」と語った。八十四歳で亡くなる十年ほど前のことである。

「跡継ぎは、兄と決まっている。おまえは、勉強してこの家を出て行け」と、母が私に告げたのは、父が亡くなって六日目の朝だった。そして、地元の高校を出て上京するとき、「自分のいいと思う道を歩け」とひと言いって見送った。私は、母の言葉をいっときも忘れず、今日に至っている。

いちど、父に連れられて父が地元の神社に建てた大きな忠霊塔を見に行ったことがある。正面に並んで立ち見上げた。今、あのとき父は何を伝えようとしたのだろうと思い巡らす。すると、父の肩車が瞼に浮かぶ。

父の思い出は、年を経ても鮮明である。年に一、二回帰郷するたびに、秋の高山祭で知られる桜山八幡神社の境内に建つ「秋葉神社」の石碑を眺めることにしている。父が百年前に建てたもので、石碑の背面に父の名前が刻んである。正面に立つと父に出会ったような気持ちになる。

和ろうそくの灯りに彩られた幻想的な雪国の一夜

わがふるさと飛騨古川。雪におおわれた真冬の一夜、和ろうそくの幻想的な灯りに彩られるなか、縁結びのお参りに訪れる和装姿の若い女性で賑わう。

奥飛騨は前日降った雪にすっぽりおおわれていた。ＪＲ高山線古川駅に降りると、冷たい風が街を吹き抜けている。寒く耳が痛い。駅の前に大人の背丈を上回る大きな雪の和ろうそくが立っている。雪を丸く固めて作ったもので、正面に「三寺まいり」の文字。街の広い通りを歩くと同じような雪の巨大なろうそくが等間隔に並んで立てられている。合わせて五〇本。灯の灯されるのを待っていた。

「三寺まいり」は、浄土真宗の宗祖親鸞聖人の命日の前日にあたる一月十五日、宗祖の遺徳を偲び本願寺派の円光寺、本光寺、真宗寺の三つの寺に、古川をはじめ近在の人たちが順にお参りする行事。明治、大正のころには飛騨から野麦峠を越えて信州へ糸引きの一年奉公を終えて帰省した年頃の娘たちが近くの旅館に宿をとり、着飾ってお参りに加わったことから、男女の出会いが生まれ、縁を結ぶ行事として広く受け入れられた。

♪嫁を見たての三寺まいり
　髷を結わせて礼まいり

と、古川の小唄にも謡われるようになり、地元の人々の冬の社交場でもあった。

夜になると雪の積もった三つの寺の境内には篝火が焚かれ、本堂では高さ七〇センチの巨大な和ろうそくが灯されるなか、午後七時から読経が始まる。厳粛な宗教行事で信仰心の厚い地元のお年寄りや子どもたちが熱心に手を合わせる。巨大な和ろうそくの炎は風がなくても上下に揺れ動きお参りする人たちを照らし、神秘的な雰囲気を醸し出す。

一方、街なかを流れる清流・瀬戸川のほとりには和装姿の若い女性が次々と集まり「千本ろうそく」と「祈願とうろう流し」のイベントが行われる。また、ほど近い「まつり広場」では門前市が開かれ多くの屋台が並ぶ。甘酒や五平餅、岩魚の塩焼きなど飛騨の味を楽しめる。

縁結びの願いを込めて若い女性たちが灯す千本ろうそくには決まりがあり、まずは願いを込めて白ろうそくを灯してお参りする。その願いが叶ったら翌年に赤いろうそくを灯してお礼参りをする。

和ろうそくには生きた炎があるといわれる。この夜を彩る和ろうそくを作るのは、江戸時代から続く三嶋和ろうそく店の七代目の三嶋武雄さん。三嶋さんはお客さんが「うちのろうそくを見ていると、心がだんだん落ち着いてくる、と言ってくださいます」とうれしそうに語る一方、「三寺まいりは、最近、すっかり観光化しました」と語る。

「三寺まいり」に集まる若い女性の多くは夕方に観光バスで次々とやってくる。古川に着くとすぐに観光協会関連の施設で予約していた和装に着替え、「千本ろうそく」の会場に向かう。お寺へお参りする人は少ないようだ。

奥飛騨の紅葉

山も渓も錦繍織りなす飛騨の紅葉
お湯につかり眺める紅葉舞い散りぬ

奥飛騨は紅葉真っ盛り、街道沿いの山も渓もみごとに紅色に染まり、錦繍を織りなしていた。山岳地帯だけでなく平地も紅葉が進んでおり、実家の隣の神社の境内にそびえる銀杏の大木は根元から頂上の枝先まで黄一色に染まっていた。

久し振りに帰郷、墓参のあと奥飛騨の古川、高山の街を散策した。天候に恵まれ、二軒のつくり酒屋の並ぶ古川の古い町並み、また朝市や春慶塗や陶器の専門店、多くの民芸品店で知られる高山の街も観光客であふれていた。

宿泊したのは明治三年に建築された古民家、豪農の母屋をその良さを残しながら快適な空間にリニューアルし、一日一組限定の貸し切り宿とした所。各部屋とも暖房されており快適な宿であった。

飛騨の銘酒「蓬莱《ほうらい》」の新酒を飲みながら飛騨牛のしゃぶしゃぶをたっぷり賞味した。この宿で感動したのは大きな陶器のお風呂につかりながら眺めた日本庭園の紅葉の大木。紅く染まった木の葉がそよ風にひらひら舞うようにすうっと散り、庭石に生えた緑の苔の上にゆっくり落ちる。日本庭園は夜にライトアップされており、幻想的であった。

錦秋に染まる奥飛騨へ、思い出の旅

昨年亡くなった兄の法要に出席するため、十一月初め久し振りにふるさと奥飛騨へ行って

きた。慌ただしい旅であったが、先に亡くなった父、母、兄嫁、そして何かと気を遣ってくれた兄を思う忘れられない旅となった。折から奥飛驒は紅葉真っ盛りの季節。名古屋駅で長男と落ち合い、長男の車で雲一つない晴天のもと錦秋に染まる山々を眺めながら中部縦貫道を走った。

途中、帰郷するたびに兄と一緒した地元のうどん屋に寄り、昼過ぎに実家に着いた。玄関に入って驚いた。外観は変わりないのに家の中はすっかり模様替えされ、兄が暮らしていた部屋は全面的に改装され仏間になっていたのである。

仏壇に手を合わせすっかり変わった仏間を見渡した。右側の長押に今は亡き父、母、そして兄夫婦の写真が飾られていた。四人の写真を見上げていると、一緒に暮らしていたころの父、母、そして兄嫁の姿が次々と脳裏に浮かんできた。

兄は二百年続く石屋の六代目、若くして父の跡を継ぎ仕事一筋に働き、長く続いた石屋を近代的な石材業へと発展させる基盤を築いた。兄が建て、母そして兄、私が長年にわたって住み馴れた住まいが兄の死を機にすっかり様子が変わったのを目の当たりにして、ふるさとが急に遠くなったような寂しい気持ちにおそわれた。

奥飛驒には父、兄の建てた記念碑やお墓、石垣などが各地にある。法要をすませ、近くにある先祖代々のお墓参りをしたあと、ふと思い立って少し離れた桜の名所として知られる山裾の神社の境内に父が建てた忠霊塔を見に行くことにした。父の写真を久し振りに見たときから元気に働いていたころの父の姿が頭から離れなかった。

この忠霊塔は紀元二六〇〇年記念事業として、古川町銃後奉仕会が昭和十六年に建立したもので、題字は時の内閣総理大臣、近衛文麿が書き、父が文字を彫り建てたものだ。当時の町の大事業で、父が自宅の作業場で文字を彫る作業中に地元の新聞に写真付きで載ったのを記憶している。忠霊塔は父が亡くなる一年前に完成した。そのとき、私は小学校二年生だった。

ちょうど桜が満開のころであった。父が、学校へ行く準備をしていた私を呼び、

「今日午後、一緒に桜を見に行くから午後に早退してこい」

と言った。

その言葉を担当の先生に告げると、

「なに、桜を見に行くために早退する、本当か」

と問われたのを覚えている。

学校から帰るとすぐ待っていた父に連れられて家を出た。父と二人ででかけるのは初め

てで、着いた所が完成して間もない忠霊塔の前だった。父がその翌年亡くなったこともあり、それ以来、忠霊塔の前に立ったことはなかった。このたび本当に久しぶりに忠霊塔の正面に立ち、元気だったころの父の姿を思い描いた。

その日、宿泊したのは福地温泉のこぢんまりした旅館。奥飛驒に点在する温泉宿の一つで若いころ一人で泊ったことがあった。露天風呂から紅葉したもみじ越しに穂高の峰が望める。夕食は飛驒牛の鍋、ヤマメの塩焼き、きのこ汁など久し振りにふるさとの味を賞味した。翌日は早朝に宿を出て、程近い穂高温泉に向かい新穂高ロープウェイに乗り高さ二九〇〇メートルの展望台に上った。雲一つない晴天、槍ヶ岳、南岳、奥穂高など北アルプスの山々を間近に眺めた。

そのあと白川郷へ。若いころ妻と訪れた道を思い出しながら尾花が彩る合掌造りを眺めた。一泊のふるさと奥飛驒の旅であったが、父、母、兄を偲ぶまたとない思い出深いものとなった。

《ふるさと》を思う

横浜はいまやふるさと夏の雲

出身地の新宮をこよなく愛し、「望郷の詩人」と呼ばれた佐藤春夫は「恋しきや何ぞわが古郷」（望郷五月歌）と詠んだ。また島崎藤村はふるさとについて、

血に　つながるふるさと
心に　つながるふるさと
言葉につながるふるさと

と、語っている。

さて、時代とともに〈ふるさと〉を思う気持ちも変化しているように思われるが、どうだろうか。

八十歳を過ぎたころから人生を振り返り、「ふるさとは……」と思いを馳せるように

なった。そのうち、「ふるさとは生まれ育った所」というより、「長年にわたって住み馴れた所」との思いを抱くようになった。

私は奥飛驒の古川町に生まれ、地元の高校を出て上京した。その後、大学を卒業して就職し、数年間の地方勤務を経て東京に戻ったとき、東京に近い横浜に住居を構えることにした。住み始めたのは公営住宅であったが、港に近く休日に山下公園や港の見える丘公園、元町、それに中華街のあたりを散策するうちに徐々に横浜の生活に馴染んできた。

そうしたなか、横浜で結婚し家を建て暮らすようになってもう半世紀になる。横浜で生まれ育った二人の子どももそれぞれ近くに家庭を築いている。人生の大半を過ごしこの地にすっかり馴染んできたからだろうか、「横浜はいまやふるさと」の気持ちが強まってい る。妻が天国に召されたとき、「俺も入るのだから近くにしてくれ」との長男の言葉を受け、自宅に程近い墓地に墓を建てた。そのとき、この地は「生命をつなぐ場所」であり、「魂のふるさと」だと思った。

二人の子どもの家族と墓前に立つとき、元気だったころの妻を思い浮かべる。現役で働いていたころ、家は「安らぎ」の場所であった。外出先から帰宅すると玄関先で「お帰りなさい」と妻に迎えられ、「ほっと」した。家は「帰る場所」であるとの思いは一人暮らしになった今も変わりない。

　家を建てた場所は住宅地として開発された田園都市線の沿線で、最寄りの駅に近く都心まで三十分。周辺に開発前の樹林を残し整備した公園が二か所ある。その一つの公園には夏に睡蓮の咲く大きな池があり、隣接して樹木の茂る小高い丘がある。晴れた日に丘に登れば頂上の東側に富士山が眺められる。また西側を望めば学生のころたびたび訪問し謦咳に接した佐藤春夫が若いころ住み、小説『田園の憂鬱』の舞台となった村落が見える。頂上に立つたびに「またおいで」と優しく迎えてくれた春夫との出会いを思い出す。

　もう一つの公園は最寄りの駅の近くで、こぢんまりした池の向こうに大きな松や杉の木が茂っている。樹木の間をシジュウカラやオナガドリが飛び交うのが見え、ときにはカワセミが飛来し目を楽しませてくれる。池の周辺には紫陽花や花水木、紅白の梅など花の咲く木が植えられており、また季節の草花が多く見られる。毎日の散歩の途中にベンチにかけて小鳥の声に耳を傾け、咲いたばかりの草花を眺めながら思いに耽る。ふと、「空の鳥を見よ、野の花を見よ」との聖書の一節を思い浮かべる。いつでも気軽に行ける公園が自宅近くにあるのはよいと思っている。

　また、月に一回は横浜港沿いの山下公園へでかけ、海を眺めながらいっとき過ごしている。このあたりは近くに住んでいた若いころ子どもたちとよく遊んだ場所で、海の上を舞うカモメ、港を出て行く大型船を見つめているとロマンをかき立てられた若いころの情景が浮かんでくる。

一方、「ふるさとは遠きにありて思ふもの」（室生犀星の詩の一節）というが、生まれ育った奥飛驒を忘れたわけではない。父母はとうに亡くなり、月にいちどは電話をくれた兄も昨年末に他界したこともあり、何となく遠くなった感は否めないが、一緒に暮らした父母の面影は実家周辺の「山青き、水清き」光景と重なり心に深く残っている。父の肩車や初めて上京するとき「自分でいいと思う道を歩け」と駅頭で見送ってくれた母の姿は今も昨日のことのように瞼に浮かぶ。奥飛驒が「心のふるさと」であることはいつまでも変わらないだろう。

そもそも半世紀前に建てた家は、住宅建設の専門家に描いてもらった図面を実家近くの大工に送り、その後二人の大工と左官が二か月余り泊りがけで来て建てたものだ。家の軒下の腕木に『雲』の飾りを彫り込んだ飛驒の匠で知られる飛驒古川伝統のつくりである。この家に住んでいるかぎり奥飛驒は忘れようにも忘れられない。

横浜

海の音

若いころ、横浜の市街地に住んでいて、散歩といえば山下公園にでかけ、一人ベンチにかけ思いに耽っていた。その後、同じ横浜の郊外に家を建て引っ越してからも時々でかけている。

「いい天気だ。海を見に行こう」

晴れた日の午後、海が呼んでいるような気がして足早に駅へ向かう。山下公園の岸辺に立ち、海風に吹かれながら海の音に耳を傾けていると心が和んでくる。

港の風景が目の前にひらけている。右手に氷川丸、その先にベイブリッジが望まれ、左手の大桟橋に大型客船が停泊している。海風が爽やかに吹く。海面に小さな波がさらさら走り、光を反射して魚の鱗のように耀く。その真上をカモメが舞う。見慣れた光景なのに、いつも新鮮な感じがする。

ひと息ついたところで、海岸沿いに歩き、バラの咲き乱れる庭園を抜けてフランス山を登り港の見える丘公園まで足を伸ばす。丘の上からベイブリッジを見下ろしたとき、後方から合唱する讃美歌の歌声が聞こえてくる。公園に隣接したホテルの外庭で結婚式が行われていた。

この丘の上の公園にもバラ園があり、その先に神奈川県ゆかりの作家の自筆原稿や創作ノートなどを展示した近代文学館がある。海を望むこぢんまりした喫茶店もあり、コーヒーを飲みながらひと時思索に耽る。

文学館といえば、藤沢まで足を伸ばし、江ノ電に乗り換え鎌倉文学館へ行くこともある。高台に建つ鎌倉文学館の二階のテラスから庭のバラ園越しに、うっすらと霞む湘南の海を眺める。爽やかに吹き上げる海風がバラの香りを運んでくる。

テラスの椅子にかけ、遠くに海を眺めていると、うとうとして旅に出ているような気持ちになる。そのうち、生暖かい海風が過ぎ去った旅の思い出を手繰り寄せてくる。

イタリア旅行の初日、サンマルコ広場の突端に立ち、朝日を浴びて煌めくベネチアの海を前にときめいた日。スタテン島からの帰り、フェリーの甲板から自由の女神像の向こうにマンハッタンの高層ビル群を見つめ、夢をかき立てた日。

また、リオデジャネイロのサンバ劇場で肌も露わな美女たちと踊り狂ったあと、海岸沿いのホテルの窓から一人眺めた深夜の海辺に、弓なりに点々と連なる青い灯。なぜか寂しい思いに駆られた薄曇りのロカ岬から遠く望んだ大西洋などなど……。

山下公園のベンチで、出港する大型客船を見送ることがある。銅鑼《ドラ》が鳴り、甲板で一斉に手を振る人。テープを投げる人。出会いと別れ。大きな舞台のようだ。

海は眺める私の心に語りかけ夢をかき立てる。時々無性に海の音を聞きたくなるのは、私が山国に生まれ育ったからだろうか。

パンの子育て

朝の散策の楽しみは、心に触れる小さな発見にある。

毎朝歩く自宅近くのもえぎ野公園。池を一周する小道の脇に可憐に咲く赤い草花に目を惹かれて立ち止まったり、すっと飛来した大鷺の舞に見とれたり、小さな発見は日によってさまざまだが、前日目にした光景をふと思い出し、今日はどうしているだろうかと、あらたな発見を期待しながらその場に近づくこともある。

猛暑続きのこの夏は、バンとカワセミの優しい子育ての現場を前に日々、心を打たれた。半夏生の花が咲きだしたころ、池の周りを歩いていると、「コウ、コウ」と囁くような声。何だろうと、初めて耳にする鳴き声に立ち止まった。池の淵に茂るヨシの根元あたりの水面が揺れている。長く伸びた葉に遮られ日の光が当たらないヨシの合間で黒い影が動いている。バンの親子、子が誕生したのだ。親の後ろにくっつくようにしている子は生まれたばかりのようだ。

黒い羽毛でおおわれたバンの親は、小さなハトくらいの水鳥だ。今年初めてもえぎ野公園につがいでやって来た。池の南側に群生した睡蓮の青い葉の上を足早に歩き回り、たちまち注目されるようになった。小鳥好きの人が連日通って来てパンやトウモロコシの実を投げ与える。二羽のバンは、前々から池に棲みついているカルガモの家族と競って食べる。

数日して、餌をあさるバンは一羽だけになった。もう一羽のバンはどうしたのだろう、気にかけ眺めていると、睡蓮の葉の上で餌をゲットしたバンが、すぐさま池の北側のヨシの茂みに向かってまっすぐ泳ぎだした。

バンの足にはカルガモのような水かきはないので、泳ぐといってもスピードは出ない。長い首を前後に大きく揺すりながら正面を見据えてぐいぐいと前進する。ゲットした餌を巣で待つ親と子に与えようと、必死に運んでいるのであった。

その翌朝、一羽の親がヨシの茂みから顔を出し、すぐに睡蓮に向かって泳ぎだした。その後ろを一列になって、ちょこちょこと小さな体を左右に揺すってついてくる四羽の子がいる。やっとたどり着いた睡蓮の葉の上、親はすぐさま餌に向かって走る。パンの餌をゲットすると、子に駆け寄り餌を水に浸し小さく千切っては子の口元へ。子は毛の生えきらない前羽を上に広げ、赤い口をいっぱいに開いて食べる。

餌を口移しするバンの親と子の真剣な表情に親子の優しい情愛がうかがえる。じっと見つめていると、親と子の息遣いが伝わってくるようだ。

その美しい光景を目の当たりにして、私は昨年、長男と長女に相次いで誕生した孫娘を思い出した。今年一歳の誕生日を終えたばかりの幼い二人の孫娘は、ベビー椅子に座り、親の差し出す特別の食事を小さな口を大きく開いて頂く。そして、食べ終わるとすぐ、にっこりとうれしそうに笑顔を見せる。

鳥のバンの子に笑顔は見られない。でも、餌を与える親と餌を求める子の姿に親子の絆がうかがえる。いつ見てもほほえましく、うれしい気持ちになる。

バンの子育ての合間に、睡蓮の近くにある小さな島の花の木にカワセミの親子が見られた。カワセミは昨年の春にこの花の木の小枝で三羽の子を育てた。今年はその姿が見られなかったので、どうしたのかと気になっていた。

それが夏になって、二羽の子を連れて同じ花の木の小枝にやって来たのだ。親は池に飛び込んで小魚を捕り、小枝で待つ子に口移しで与える。昨年と変わらないカワセミの親子の姿に、一瞬、ほっとするのだった。

山の音

自宅から二十分余り歩いた所に、昔からの田園風景をそのまま残した「寺家《じけ》ふるさと村」がある。

小高い山に続く雑木林や田圃が連なる一郭で、私が生まれ育ったふるさと奥飛騨の山や川を彷彿させ、その自然の佇まいは、どこを眺めても心を揺さぶる懐かしい風景である。私は、月にいちどはこのふるさと村を訪れ山沿いの砂利道を歩き、山がなだらかに尽きる所にできた「むじな池」を見下ろすベンチにかけて、いろんな山の音に耳を傾けながら瞑想に耽っている。

青葉の茂る木立を吹き抜けた風がさわさわと私の背中を押す。耳を澄ますと山に棲む小鳥たちのさえずりの中にひときわ澄んだ鶯の鳴き声がはっきりと聞こえる。花菖蒲の咲く池の水を小刻みに揺らし二匹の雨蛙が頭を覗かせている。

横浜市北部のこのあたりは、町田市に隣接し佐藤春夫が若いころに訪れ、ひと目で気に入り半年ほど暮らし、後に小説『田園の憂鬱』の舞台となった場所である。

春には山裾のあちこちに梅や桜の花が咲く。そして、芽吹いた樹木の青葉の緑が日増しに濃くなるころに田植が行われ、小鳥や蛙が一斉に鳴き声を上げる。また、奥の「むじな池」や「大池」ではカワセミやカイツブリたちが子育てを始める。

夏の夕暮れには道沿いの小川で生まれた螢が草むらや田圃の上を飛び交い、螢狩りを楽しむ近所の人たちで賑わう。奥飛騨の私の育ったあたりは周囲を山に囲まれた盆地で、近くに小川が流れ、夏には螢が飛んでいた。

家の裏の田圃道を五〇〇メートルも歩くと頂上に小島城の跡が残る山であった。途中に高山線の線路があり、私は高校生のころ線路を越えて山へ行き一人登った。中腹の切株に腰かけ、眼下に家を見下ろしたものである。

田圃の中にこんもりと茂る樹木に囲まれた神社があり、その隣に白壁の土蔵と並んで建つ家は、大きく見えた。私は、高校を卒業したらこの家を出て行くことになっていた。家を眺めていると、富山から名古屋に向かう列車が蒸気機関車の白い煙を上げながら走るのが見える。列車の去ったあと、横にまっすぐに線を引いたように伸びる二本の線路を見つめ、自分の進むべき道について考えたものである。

この世に生を享けた一人の人間がどこに住み、どのように暮らし、どこで生涯を終えるかは事前に予測できないものだ。結婚して横浜で暮らし始めたころ、老いた母が、「いつふるさとの奥飛騨に戻ってくるのだ」と聞いたことがある。

上京して間もなく佐藤春夫を訪ね、学生のころ親しく謦咳に接した。自宅の近くに「田園の憂鬱由縁の地」の記念碑の立つこの地に長年住むことになったのは何かの縁なのかもしれない。

いま「寺家ふるさと村」は、私にとってどのように生きてきたかと過ぎ去った人生を振り返る大切な場所であり、同時にこれからどのように生きていくかを考える場所でもある。

カイツブリの巣

ケレケレケレケレー　ケレケレケレケレケレー
夕暮れの池面に澄んだ鳴き声が走る。優しく響くようで、心を揺さぶる。恋の季節なのだろうか。鳴き声に艶がある。
今年の夏、もえぎ野公園の池にカイツブリがやって来た。初め一羽、ぽっかりと真ん中に浮いていた。

「あっ、珍客だ」

と、振り返ると、さっと潜水、すぐに浮き上がり、また潜水、どこにいるかと探すのに苦労する。潜水するときの動きは速く、すぐには見つからない。

数日してカイツブリは二羽になった。そして、ケレケレケレケレー、ケレケレケレーの鳴き声が朝夕に聞かれるようになった。

池には、十年ほど前から数羽のカルガモがいて、毎年、五月の初めに子育てをする。また、春と秋には鵜や鷺が飛んでくる。カイツブリは今年初めてだった。

もえぎ野公園は、私の家の近く、横浜市郊外の住宅地の中にある。樹木の茂る小高い山をそのまま残した小さな公園で、池はその昔、周辺の田圃に水を送るための溜め池だったという。水際にはアシやカバなどの水性植物が伸びており、池にはフナやコイなどの魚のほか、ザリガニ、メダカが棲んでいる。それに、不埒な者が捨てた緑亀が大きく育っている。また、池の東側は桜並木で、山の斜面にも桜が植えてあり、花の季節は花見客で賑わう。小道の脇には山吹、花菖蒲、紫陽花と季節の草花がいつも咲いている。

この公園の楽しさは、カワセミ、シジュウカラ、メジロ、オナガドリといった小鳥やカルガモ、鷺などの水鳥たちを間近に見られることだ。カワセミは春から初夏にかけ三日を置かず顔を見せる。

キィキィー　キィーキィー
その鳴き声は、ときに鋭くコバルト色の背の輝きを思わせる。水辺に伸びた小枝に留まり、つんと澄まし顔で池の小魚を狙う凛とした姿にいつも足を止めさせられる。

毎朝、池の周りを歩く。そして、鳥の鳴き声を聞くと安心する。ただ、カイツブリは違った。どうしているかと毎日気になった。手のひらにのるほどの大きさ。瞬時の潜水。ぽっかりと浮くと、すっと細い首を立て、黄色で隈取った目をいっぱいに開ける。見ていて飽きないのである。そのカイツブリが巣作りを始めた。

潜ったカイツブリが濡れた藻や落ち葉のようなものを口に浮き上がると、池に投げ入れられたままになっている竹の小枝に引っかける。次いでもう一羽のカイツブリが水中から上がってその上に重ねる。カイツブリは無我夢中で巣作りに没頭していた。時々重ねた落ち葉の上に身体をのせ揺すっては巣のでき具合を確かめる。

巣の形ができた。巣といっても水に浮いた危うい巣だ。でも、カイツブリはその上に交代で乗って満足気に首を上下に振っていた。

その数日後だった。一羽のカイツブリが巣の上で首を上げたままうずくまった。とそのとき、もう一羽のカイツブリがさっと近づきその背にお腹を擦り付けしきりに尻を振る。何ともほほえましい光景であった。

そのとき、そばの小枝にカワセミが飛んできた。大きな嘴を斜めに水中を見つめたまま動かず、近くのカイツブリの夫婦にはまったく関心を示さない。そのまま首を右に振るとカワセミは池の中央の小鳥に向けて水平に飛んだ。小鳥の木の枝に別のカワセミの姿が見える。しばらく姿をくらましていたカワセミが来たのだ。じっと耳を澄ます。カワセミの鳴き声を久し振りに聞かれるかと期待したが、

ケレケレケレケレー、ケレケレケレケレー

鳴いたのは交尾を終えたカイツブリだった。

翌朝、いつもより早い時間にもえぎ野公園に行った。カイツブリの巣が気になった。夏の太陽が明け方から照り輝く。もう日中と変わらない暑さである。カイツブリの巣の前に立ってがっくりした。どうしたことか、カイツブリの巣の上に大きな緑亀が乗っかっているではないか。それも三匹。

「こらー、どけ、どけー」

思わず声を上げた。しかし、緑亀は悠然と構えびくともしない。こんなことが起きてい

いのか。怒りが込み上げてきた。
いったい、カイツブリはどこへ行ったのだ。――いた、いた。アシの陰に一羽。巣を追われ、しょんぼりしているように見える。もう一羽の姿は見えない。翌日、カイツブリは池から姿を消した。巣は跡形もない。
どこへ行ったのだろう。カイツブリは水中に潜るのはうまいが飛ぶのはあまり得意でないという。そういえばカイツブリの飛ぶのを見たことはなかった。
池の周りに、赤トンボが目立ち、水際の土手に彼岸花が咲いた。
いつものように池を眺めていると、
ケレケレケレケレー　ケレケレケレケレー
どこからか、カイツブリの鳴き声が心に響いてきた。

情感あふれるカイツブリの子育て

横浜市の郊外、町田市に隣接する寺家町のふるさと村の大池で、カイツブリが子育てを始めたと聞いて、さっそくでかけた。「ふるさと村」は、小高い山と小川、それに田圃や畑など昔のまま残した小さな集落で、梅雨どきには田植が行われ、夏には螢が飛び交う。大池は小高い山裾の雑木林に囲まれた沼である。自宅から歩いて三十分の所だ。

カイツブリの巣はすぐ見つかった。数人のアマチュア・カメラマンが集まっていた。大池沿いの山道を一〇メートルも入った所で、道端の大きな樹木の枝が沼の上に垂れ下がり、水中につかった小枝の葉の上に枯れた木の葉や草を積んで作った浮巣である。

生まれて間もない子どもは、巣の真ん中に座った母鳥の胸毛の中からちょこっと首を出し、小さい口をいっぱい開ける。父鳥は巣の上に首

を長く伸ばして獲ってきた青虫をそっと子どもの口に入れてあげる。

「さあ、おいしいよ」

「ありがとう、おとうさん」

「ねーねー、ぼくにもちょうだい」

「うん、待っていてね。すぐにとってくるからね」

静かな池の岸辺に浮いた巣の上での瞬時の食事。親子の交わす声は聞こえないが、きりっとした顔の丸い目と目を見つめ合っているのを目の前にしてやり取りがよくわかる。

しばらくすると、父鳥が後ろ側からすっと寄ってきた。するとそれまでいた母鳥がさっと立ち上がって水の中へ。その座へ父鳥が羽を膨らましておさまっている。そのとき、生まれたばかりの三羽の雛と白っぽい卵一個が垣間見えた。瞬時の親の交代であった。

じっと眺めているうちに、初めに子どもを抱いていたのが母親、青虫を獲ってきて子どもに与え、しばらくして巣に戻ったのが父親と思ったのは間違いだったかもしれないと思った。

それにしても、カイツブリ夫婦の子育ては愛情こまやかで感動的、その真摯な姿は見る人の心に温かく伝わる。また、生き物の誕生は神秘的である。

カイツブリは、あちこちの池や沼などでよく見かける水鳥で、冬は褐色の地味な鳥だが、春から夏にかけて頭から首の上が赤みがかった美しい栗色になる。潜水が得意で時々、ケレケレと甲高い声を水面に響かせる。

古くから多くの詩歌に詠まれている。俳句の季語は冬で、「かいつぶり浮出る迄見て過る」など、思い当たるものが少なからずある。

秋の草花、紅葉、落葉に思いを深める日々

晴天やコスモスの影撒きちらし　　鈴木花蓑

赤、白、薄紫、色鮮やかに咲いたコスモスが爽やかな午後の日差しを浴びて石畳に影を落とし、さわさわ揺れていた。駅前に建つ教会そっくりの結婚式場の庭先。瑞々しい花の清純な美しさについ見入ってしまった。

朝方、庭の片隅でひっそりと咲く薄紫のサフランを見かけ、そっと手を差し伸べていた。

おもかげ見えて　なつかしく　手折ればくるし　花ちりぬ

佐藤春夫「断章」

秋の草花は可憐で静かな印象を覚えるものだ。

静かなる月日の庭や石蕗《つわぶき》の花　高浜虚子

書斎の窓の下で長い花茎をすっと伸ばし、今年も石蕗の花が開いた。どことなく素朴で淋しい感じのする黄色の花びらを眺めていると、年の暮れの近いのを覚える。

秋は紅葉と落葉の季節という。

小春日和の朝、カルガモやバンを眺めながら、もえぎ野公園の池をとりまく小道をゆっくり歩く。道路を隔てた小高い丘の樹林が日に日に紅葉してゆくのがわかる。色づく樹林を背景にひと足早く落葉した並木の桜が大きく枝を伸ばしている。澄んだ青空に向かって精一杯広げた小枝の先に太陽の光を浴び輝いている姿に生命の息吹を実感し、ふと「裏山の桜はもう落葉しただろうか」と、生まれ育った奥飛騨の秋を思い浮かべた。
また、「秋は夕暮れ」（枕草子）という。
夕日の傾くころ、もえぎ野公園の池の周りを歩いていると、いつもは聞こえないお寺の鐘の音がする。ベンチにかけて耳を澄まし、風に舞う落葉を眺めていると、上田敏訳のヴェルレーヌの『落葉《らくよう》』が浮かんでくる。

秋の日の
ヴィオロンの
ためいきの
身にしみて
ひたぶるに
うら悲し。

鐘のおとに
胸ふたぎ

色かへて
涙ぐむ
過ぎし日の
おもひでや。

げにわれは
うらぶれて
ここかしこ
さだめなく
とび散らふ
落葉《おちば》かな。

永井荷風は小説『あめりか物語』の中で、この詩をとりあげ、「秋の胡弓の咽び泣く物憂き響きわが胸を破る。鐘鳴れば、われ色青ざめて、吐く息重く過ぎし昔を思出でて泣く。薄倖の風に運ばれて、ここかしこ、われは彷徨ふ落葉かな。」と、意訳している。

うらを見せ　おもてを見せて　散るもみじ　　良寛

ひと口に「紅葉《もみじ》」というが、樹木によってまた目にした時期によって、心に抱く印象も変わるものだ。落葉の前に薄緑、黄色、赤、そして朱と色合いを変えてゆく紅葉は、あでやかで艶《つや》やかである。

すっかり朱色に染まった紅葉を見かけると、足立美術館で見とれた川端龍子の「愛染《あいぜん》」を思い浮かべる。水面いっぱいに浮かぶ燃えるような紅葉の葉に弧を描いてすっと寄り添い離れ見つめ合うつがいの鴛鴦《おしどり》。濃《こま》やかな夫婦の愛情を描いたものという。

樹林の色づいた紅葉にひかれ、小高い丘へ登り頂上近くの空き地のベンチにかけたとき、一瞬、目の前に能「紅葉狩」の華やかな舞台が現れたかと思った。平維茂《たいらのこれもち》が鬼女の化けた上﨟に心奪われそうになる物語。美しい小面と般若の二つの面に象徴される危ない官能性が伝わる舞台だ。朱色に染まった紅葉には神秘なものが潜んでいるようだ。

清々しく色鮮やかに朝顔咲く

朝貌や咲いた許りの命哉　　夏目漱石

朝早くいつものように自宅近くの公園を散策していたとき、ふと色鮮やかに咲いた朝顔が見たくなった。梅雨どき目を楽しませてくれた紫陽花が盛りを過ぎ、池のほとりをいっとき白く染めた半夏生も褪せるころになって、朝顔はどうだろうと思うが、近所では美しく咲いた朝顔をあまり目にしない。

あさがおの花びらの縁疲れ来ぬ　　篠原　梵

そんなある日、急に思い立って東京・下町、入谷の朝顔市にでかけた。朝から三六度を超す猛暑の日であった。入谷鬼子母神の前に着いたときは午前十時、境内を埋めた多くの鉢の朝顔はかんかん照りつける太陽の下でぐったりしている。ただ表の街道の歩道沿いにずらりと並んだよしず張りの出店の朝顔はしなびてはいるものの咲いた花の名残をとどめていた。

「さあさあ、きれいな色でしょう」

「こちらは、赤、青、白、それに団十郎の四色――」

「明日の朝は新しい花が咲くよー」

掛け声を上げる農家のおばさんたち。なんでも朝顔市に合わせて育ててきたという。見ればどの鉢の朝顔も茎も葉も太くしっかり育っている。花農家のおばさんの気持ちを思い一株手にして帰った。

朝顔の折目正しき朝の張り　近藤清女

早朝に咲き午前中にしぼむので朝顔という。「明日の朝には新しい花が咲くよ」との花農家のおばさんの声を思い浮かべ、翌朝は早起きしたが折からの雨で花はしぼんだまま。どうしたものかと次の朝六時に玄関を開けると、からりと晴れ太陽が眩しい。輝く光をもろに浴びて赤、青紫、白、そして団十郎の薄茶色の四色の花がみごとに咲いているではないか。

朝がほや一輪深き淵の色　　蕪村

花の裏から太陽の光を透かして見る。どの色も新鮮で爽やかで清々しい。そっと花びらに指先を触れるとしっとりとして肌に吸い付いてくる感じだ。青紫の花の中心部分の純白の筒状が着物の絞り染めのような風合を醸し出している。江戸時代に歌舞伎役者の団十郎が地味な茶色の着物を粋に着こなしたことから団十郎の名がついたという薄茶色の花も赤や青紫、白の花と合わせて観ると落ち着きがあって、粋である。

朝顔や今日といふ日を大切に　　田中由美子

季語は秋だが、美しく咲いたばかりの朝顔は見るからに清々しくいっとき暑さを忘れさせる。

雀と四十雀《シジュウカラ》・愉快ないっとき

我と来て遊べや親のない雀　一茶

世界遺産に登録された国立西洋美術館を見学した帰り道、不忍池のあたりを散策しようと弁天堂の裏の小道へ出た。すっかり花が散り葉っぱばかりのどことなく味気ない蓮を眺めながら歩いていると池沿いのベンチの脇で手のひらに米粒をのせては雀に与えている一人のおじさんに出会った。雀は周りの人たちを気にかけることもなく次々と寄ってくる。あまり見かけない光景につと立ち止まって声をかけた。

「よく馴れた雀ですね」

「いやー、米を食べたいだけだ。やってみるかい」

おじさんはぶっきらぼうに答え、ひとつまみの米の粒を渡してくれた。さっそく言われたとおりにやってみる。

手のひらに米粒をのせ、すっと腕を水平に伸ばすと、近くの藪から数羽の雀が押しかけ、手のひらの米粒を一斉についばむ。チクチク、チクチクとあまりの勢いに手のひらが痛い。

どの雀も活発な動きで、親か子雀か見分けがつかない。あっという間に手のひらの米粒は食べられてしまった。急激な動きにびっくりして伸ばした手を下げると、その瞬間雀たちは逃げるように飛び立ち藪の中へ身を隠してしまった。

雀は米を食べたいだけなのだろう。そのすばしこさは餌をあさる抜け目ない野生の動きで、小鳥のかわいらしさはみじんも感じられない。それにしても、伸ばした手のひらの米粒を見逃さず寄ってくる習性はすごい。たくましい雀の生態を垣間見た愉快なひっときであった。

何となくいい体験をした気分でその場を離れたとき、ふと夏の初めに庭先の巣箱から外に出たばかりの四十雀を手のひらにのせた朝の出来事を懐かしく思い出した。

暫くは四十雀来てなつかしき　高浜虚子

四十雀は胸に黒いネクタイ模様をつけ、おしゃれで見るからに気品がある。またツツピー、ツツピーと艶のある鳴き声もいい。自宅近くの樹木の茂る公園と行き来するのか一日に何回となくつがいで飛来しては、庭先に顔を見せてくれる。そして、初夏には書斎に面した花水木に掛けた手作りの巣箱で子育てをする。その詳しい状況は見られないが、親鳥がツツピー、ツツピーと鳴き声を交わしながら交代で青虫などの餌を運んでくるのはほほえましい。

親鳥の呼びかけに応える鳴き声が巣箱から聞こえるようになったら、ほどなく巣立ちの時期を迎える。五月中旬であった。朝の早い時間帯に親鳥が巣箱の入り口に留まって巣の中を覗き込みじっとしているのを見かけた。どうしたのだろうと注視していると、親鳥は巣箱の中へは入らず飛び立ち、少し離れた木の上でしきりに鳴いている。すると間もなく一羽の小鳥が巣箱の中から顔を覗かせ、親鳥の鳴き声に誘われるように近くの小枝へ小さな羽を精一杯広げはたはたと飛び移る。続いてもう一羽、また、もう一羽——。

「あっ、四十雀が巣立った――」

一人声を上げたとき、もう一羽、最後と思われる一羽が顔を覗かせ外に出た。ところが、思うように上に向かって飛び立てず庭沿いの路上に転がり落ちてしまった。

「あっ、大変だ」

急いで家を飛び出し、小鳥の許へ。路上にうずくまるようにしてじっとしているのを両手にそっとすくい上げた。巣立ったばかりの柔らかい感触が手のひらに伝わる。

一連の情景を見守っていたのか、親鳥が隣の屋根から激しく鳴いている。

「おい、大丈夫だ」

朝の光をからだいっぱいに浴びるよう、太陽に向けて語りかける。

「さあ、お母さんが呼んでいるよ。元気を出して飛んで行け」

小鳥はまぶしいのかまばたきをして、しばらくじっとしていたが、ほどなく小さなふたつの足を伸ばして立ち上がった。そっと、庭木の小枝に移してあげる。すると、小さく羽ばたきして隣の木へ、また隣の木へと飛んで行った。四十雀の子たちはそろって無事に巣立っていった。手のひらにやわらかい感触が残っていた。

三畳の書斎と檜の机

八十歳を過ぎたころから、坂道を上る足どりは重くなったものの日常の生活に不自由はない。外出の予定のない日は朝の散歩のあと、季節の花の咲く小さな庭に面した三畳の書斎で気の向くままエッセイを書いたり本を読んだりの毎日。

二人の子どもが孫たちを連れて集まり誕生日を祝ってくれた。「おじいちゃん、おめでとう」と、五歳の孫の声に命の絆を覚え、人生を振り返る。若いころからのさまざまな出会いが昨日のことのように瞼に浮かぶ。二年前、天国に召された妻の言葉「元気なうちは、一人で頑張ってね」を心に翌日一人、百合の花を手に墓前に立った。

「小説を書きたい」と佐藤春夫を訪ねた若いころと、「これから物書きに戻る」と妻に伝えた六十歳の会社定年の日を思い出した。

会社定年の日の翌朝早く新宮に向かい、新宮市立佐藤春夫記念館を訪ね、帰宅したあとすぐに三畳の書斎を整備した。新宮は春夫の故郷で、長年住まわれた東京・文京区のご自宅を熊野速玉神社の片隅に移築し記念館となっている。

佐藤春夫のご自宅を最初に訪問したのは十九歳のとき。「ひと月ほどしたら、またおいで」と言われ、学生のころたびたび謦咳《けいがい》に接した。久しぶりに思い出の応接間でひと時を過ごした。新しい著書に名前と「昭和壬寅夏日」と訪ねた干支のサインを頂いたのは暑い夏の午後だった。いつも千代夫人に出迎えられ、優しく声をかけられた。

新宮から帰宅してすぐ書いた短い紀行文「空青し山青し海青し」が和歌山県知事賞を頂き、「物書き」再スタートの第一号となった。

書斎の机は、三畳の部屋に合わせ奥飛騨の大工に特注した。厚さ六センチの檜の机は手触りが良く気に入っている。それに、ハーマンミラーの椅子も座り心地が良い。

この机で数々のエッセイや「熟年万華鏡」、「炎の森へ」、「ゴールデンシャワー」、「上海霧の摩天楼」、「万媚」など五本の小説を書いた。そのうちの一つ『炎の森へ』が日本経済新聞出版から刊行された。ほかの小説は未完成の「プラドの夢」、「朝の虹」、「母」などとともにパソコンの中に眠っている。

三畳の書斎の机に向かい、この際、「眠ったままの小説を読み直そう」と思い立った。さっそくパソコンを最新の大型のものにした。改めて読み直すなかでおもしろいと感じた作品は友人たちに紹介しようと考えた。相も変わらず夢多い毎日である。

オリーブの花の咲くころ

東京・日比谷公園を散策していたとき、花屋の店頭で大きな鉢に植えられたオリーブの古木に出会い、「そうだ、家の玄関先にオリーブの木を置こう」と思い立った。「私は生い茂るオリーブの木。神の家にとどまります。世々限りなく、神の慈しみに依り頼みます」の旧約聖書・詩編の言葉（五二・一〇）が頭に浮かんだからでもある。翌日、横浜郊外の大きな花屋で二本のオリーブの若木を選び、玄関先に置いてみた。そのうち一つは多くの花が咲いており、もう一本は蕾のままだ。

初夏を感じさせる太陽が傾くころ、白っぽい黄色の咲いたばかりのオリーブの花は小さく、葉の間を抜ける爽やかな風に揺れ芳醇な香りを放つ。静かに揺れる花に顔を寄せ見つめながら、順調に育って秋にはしっかり実をつけてほしいと願う。

この時期になると、イタリアやスペイン、ギリシャ産の塩抜きしたオリーブの実がデパートの食品売り場に並ぶ。青い実を酒糟と一緒にかじる。ゴリゴリと歯ごたえがあり、酒糟の味とあいまっておいしい。

　オリーブの実が一粒入ったカクテル「ドライマティーニ」を口に含み、その香りを味わいながら南仏やスペイン、ポルトガルなどの地中海沿岸の都市を旅した若いころを思い出し、真っ青な空に広がる明るい風景を思い浮かべる。南仏のアヴィニョンの店先で手にしたオリーブの実を描いた小さな壺が気に入り今も書斎の本棚の片隅に置いている。

　オリーブといえば旧約聖書の創世記に「鳩は夕方になってノアのもとに帰って来た。見よ、鳩はくちばしにオリーブの葉をくわえていた。ノアは水が地上からひいたことを知った」とあり、このノアの洪水の話から、鳩とオリーブの枝は平和のシンボルとなっている。国際連合のシンボルマークには、二度と戦争が起きないようにと世界地図の下に二本のオリーブの枝が交えてある。またオリーブの花はイスラエルやイタリアの国章であり、エルサレムの東、オリーブ山のふもと、ゲッセマネの園には樹齢二千年ともいわれる八本のオリーブの老大樹が大切に保存されている。なんとかわが家のオリーブを大切に育てたいものだ。

色とりどりの妍を競う花菖蒲

はなびらの垂れて静かや花菖蒲　高浜虚子
紫のさまで濃からず花菖蒲　久保田万太郎
名所絵の明治風景花菖蒲　富安風生

六月初め、梅雨の入りかと思える薄曇りの昼下がり、江戸時代から知られる堀切菖蒲園で心地良いひと時を過ごした。

紫、濃紫、白、絞りと大きな花が今を盛りと妍を競っている。その数二百種六千株。その名も「堀切の夢」「萩の下露」「春の雪」「江戸自慢」「酔美人」など優雅である。どの花も瑞々しく咲いたばかりの感じで、そっと花びらを手のひらに触れたい気持ちになる。息をつめ静かに顔を寄せる。何と清々しいことかと見入ってしまう。あたりには多くの人がいるのに少しも気にならない。ふと奥飛騨の実家の裏の小川沿いの土手に咲いていた花菖蒲が瞼に浮かんだ。

堀切菖蒲園は花の名所として浮世絵に多く描かれている。花に見とれる着流しの美人がすらりと立っている浮世絵を眺めながら、菖蒲園へは桐の下駄をはき浴衣がけでかけるのがふさわしいと思った。どこからか琴の音が聞こえてきた。

真夏を彩るカサブランカとほおずき

朝、居間の雨戸を開けると、咲いて間もない純白のカサブランカの大輪が目に飛び込んでくる。見るからに華やかで気品にあふれている。じっと見つめる。「君の瞳に乾杯」と映画「カサブランカ」の一シーンが目に浮かぶ。切り花ではなく豪華なカサブランカを庭先に咲かせたいと昨年、日比谷公園の植木市で買った球根が育ち一気に花開いたものだ。花言葉は「高貴」「純粋」「無垢」「威厳」、実に見事な咲きっぷりである。

カサブランカを眺めていると、チンチンと涼やかな風鈴の音。昨日の昼過ぎ、浅草・浅草寺の境内のほおずき市で買い、カサブランカから二メートル先の椿の枝に掛けたほおずきの籠の下に吊ったガラス製の鈴の音だ。高貴なイメージのカサブランカとは対照的に下町情緒たっぷりのほおずき。小さな鉢の近くに鮮やかな朱色の実が五つ六つ、その上に青い実が五つばかり。さらにすっと伸びた青い葉先には白い花が咲いている。

浅草寺のほおずき市は下町情緒にひたれる夏の風物詩だ。境内には百軒余りのよしず張りの店が並び、足元はほおずきの鉢で埋まる。軒に吊られたほおずきの鉢の下で風鈴の音色が涼感を奏でる。七月十日は「四万六千日」と呼ばれ、「一生分の功徳が得られる縁日」とか。多くの人がほおずきを買い求めていた。

ほおずきといえば、子どものころ奥飛驒の実家近くの畑で赤く色づいたほおずきの実をとり、優しくもんで種を抜き、水で洗って口に含んで鳴らしたのを懐かしく思い出す。今となってはずいぶんと古い昔話かもしれない。

俳句に浮かぶ光景

月一回の句会に参加して二年目、毎回五句提出して選ばれた一句を並べてみると、過ぎ去った月々の光景が昨日のことのように思い浮かぶ。

螢狩遠ちに住む孫呼び寄せて
紫陽花や雨滴散りばめ万華鏡
胸騒ぐ太鼓の音や盆踊
どんぐりを踏み想い出の径をゆく
茶の花咲く庭のかたすみ清らかに
浅草やふるさと匂ふ年の市
北風に視界せばめて街歩く
ほんのりと色づく馬酔木春近し
花の下君を待つ間や風を聴く
聞えきし亡き妻の声復活祭
オリーブの花の香りや妻在さば
青梅の香り懐かし母の味

横浜の郊外にある自宅近くには緑豊かな公園があり、毎朝散策する。またバスに十分も乗れば自然をそのまま残し整備した「寺家ふるさと村」や「こどもの国」があり、気軽に

散策を楽しめる。
暑い夏に公園の池の水に映る半夏生に涼しさを感じるなど、この一年、草花や風に揺れる樹木を見つめる視点が深まったように思われる。
朝早く公園の山裾の砂利道を落ちたばかりのどんぐりを踏んで歩くのは気持ちのいいものだ。公園に隣接する小高い樹林の土手には多くの紫陽花が植えられており、夏を前に次々と咲き花で覆われる。とりわけ雨上がりの朝は色鮮やかに光り輝く。
小高い山に囲まれた「寺家町」には田圃や畑の先にカイツブリやカワセミが棲息する沼や池が点在する。山裾の道と田圃の間の水路には蛍が育ち、梅雨どきの夕暮れには蛍狩りをする家族連れで賑わう。

庭の片隅に植えた茶の木には毎年白い花が咲く。地味な感じの花でその一角が清々しく感じられるのは故郷、奥飛騨の茶畑を重ねて見つめるからだろうか。玄関先で微かな香りを放っていたオリーブの花には緑色の実がつき日に日に大きくなっている。

書斎で愛でる草花の息吹

毎朝、散策する公園は桜の花も梅の花もすっかり若葉に変わり公園の脇の小山は緑に覆われてきた。若葉を揺らし吹き抜ける春の風の香りもいいが、真っ白く咲いた梅の花、薄い赤みを帯びた桜色が見られなくなったのにどこか寂しさを覚える。そんなとき、ふと足元の砂利道の石垣の縁に咲いた小さな草花を見かけると心のかたすみのほっとした気持ちにうれしさを感じるものだ。

この時期、公園や田圃の砂利道を歩くと、タンポポや水仙の花に交じっていろんな草花が咲いている。草花の息吹に感動して帰り、小さな家の周りを巡ると、玄関脇の石垣の隙間や軒下にも小さな草花が咲いている。普段は雑草のように思っていたかたまりにも花の蕾があるのに気づいた。

思わず手を伸ばして土をかき、花の咲いた小さな草の株を根ごと掘り出し、根を水で洗い透き通ったグラスに入れてみた。青い小さな葉がいい。白く伸びた根がいい。薄いピンクや黄色、そして白く咲いた小さな花がいい。さっそく書斎の机の窓際に置いてみた。

花は小さいが間近に見るとしっかりした花の形がよくわかる。夕方に太陽の光が翳ると、花は静かに閉じ、翌朝雨戸を開け、しばらくすると黄色の花は五弁の花びらを広げた。光によって変わる花の表情がよく観察できる。

第二の書斎、藤が丘公園のベンチ

水際に咲いた黄菖蒲が小さな池の水面に影を落としている。吹く風にその影が揺れ水面を花の色に染めて広がる。また池の周りに茂る樹木も大きく揺れ動く。枝から枝へオナガドリが渡り、小鳥のさえずりが聞こえる。池を前に置かれた磨り減ったベンチにかけ、小鳥のさえずりに耳を傾けながら花や樹木を眺めている。藤が丘公園で過ごす幸せな時間だ。

わが家の三畳の書斎も季節の花の咲く庭に面しており、落ち着く場所で狭いと感じたことはないが、ときに気分転換もかねて五分ほど歩いた所にある藤が丘公園へ行く。晴れた日の公園のベンチは第二の書斎だ。公園には格子屋根のついたもう一つのベンチがある。大きく伸びた欅の枝が屋根を覆い、夏は心地良い日除けとなり秋には実ったどんぐりの実をパラパラと撒いてくれる。どちらのベンチも座り具合が良く、さまざまな思いが浮かび手にしたメモ帳に書くのが楽しい。

この公園は大きな欅や松の茂った斜面に造られており、公園を取りまく道のあちこちに小さな花壇が作られているのもいい。近くに住む花好きの人たちが毎日手入れをされているのを見かける。感謝、感謝。

句作三年目の楽しみ

カサブランカ香り聞かむと窓展らく

「俳句は季節の挨拶」（高浜虚子）という。書斎の前の小さな庭の片隅に植えたカサブランカが今年も大きな花を咲かせた。カサブランカの楽しみは豪華な花の美しさもさることながらその香りにある。香りは花の咲きだすころ、早朝の澄んだ空気のなかにより強く放たれる。「今日は咲いているかな」と期待を込めて窓を展けたとき、その香りが聞けたときの喜びは格別である。

月一回の句会に参加するようになって三年目。提出する五句も前日までにできるようになり、句会が楽しくなった。このところ時季のうつろいへの関心は深まり、公園を歩けば池の淵に咲く半夏生は雨上がりに白さを増しているのに気づく。また樹木を揺るがす風の音のなか小鳥の澄んだ鳴き声を聞き、ときに「あっ、鶯だ」と口笛を吹く。道端の草花も日々成長しており、見つめると何かを語りかけてくるようだ。その様子に百合の花が好きだった亡き妻を思い出したり、故郷の野山を重ねて見ることもある。こうしたその時々の感動を描写するのが私の俳句。良い句ができたときは繰り返し口ずさみ楽しくなる。

朝顔の赤、青、白と窓飾り
口笛吹けば鶯応え呉れ

春めけり甲羅干す亀影揺らし
亡き妻の残した聖書百合の花
ゴヤ描く『ペトロの悔悛』春日差す

さほど広くない家の庭先の花の配置に気を配り、日当たりを良くしようと庭木の枝を下ろす。毎朝の水やりも丁寧になった。こうした日常も俳句とともにあるようだ。「俳句の特色は花鳥風月を通しての生活の記録」（同）という。

ほんのりと河津桜の暖かし

花の名はギリシャ神話なりヒヤシンス

毎朝散策する自宅近くの公園の池の淵に植えられた河津桜が咲いた。ほんのりと赤みをおびた花の色が春の訪れを告げている。木の根元には水仙が咲いており、ベンチにかけて眺めていると心なごむ。

今年は例年より暖かいようで、わが庭の梅の花も咲きだしており、クリスマスローズや蕗の薹も花開いている。

また、駅前の花屋の店先で目にし、書斎の机の片隅に置いていたヒヤシンスの球根は南向きで日当たりが良いからか、数日で青い葉を伸ばし、あっという間に真っ赤の花を傾け総状花序についた。

ヒヤシンスの花は赤のほか、青紫、紫、黄、紅白などいろいろあるが、咲いた花は赤とはいえ、どこか怪しいと思えるような濃い赤色で見詰めていると不思議な気持ちにかられ、『原色牧野植物大圖鑑』を開いてみた。「ヒヤシンスは小アジア原産、……属名はギリシャ神話の美少年の名で、誤って太陽神アポロの投げた円盤に当たって死んだが、そのとき流れた血の中から咲き出たといわれる」とある。

これいかにと、『ギリシア・ローマ神話』

（ブルフィンチ作、野上彌生子訳・岩波クラシックス）を手にした。それによると、少年の名は「ヒュアキントス」、アポロンが非常にかわいがっていた少年で、アポロンの投げた鉄の輪が地面から跳ね上がってヒュアキントスの額にぶつかり、気絶。アポロンは「ヒュアキントス、お前は死んでいくのか」「お前はこれから私の記憶と歌の中に私といっしょに生きなければならぬ。私の竪琴はお前を名高くするだろう。私の歌はお前の運命を語るだろう。そうしたお前は私の哀惜を刻んだ花となるだろう」。

　アポロンがこう話しているあいだに地面に血が流れだし、あたりの草を染めると、ユリによく似た花が生えてきた。アポロンは彼に名誉をさずけるために、彼の悲しみを花弁に留めて、Ài, Ài（ギリシア語で「悲し、悲し」）と書いた。よって、この花はヒュアキントス（ヒヤシンス）の名を留めて、春ごとにその運命の記念をよみがえらせている、という。

　いやはや、机上に咲いた赤いヒヤシンスは、春の珍事のような気分である。

金のなる木

横浜

春めける金のなる木の花うれし　一馬

日に日に春めく今日この頃、庭先の大きな鉢に植えた金《かね》のなる木の花が一斉に咲きだした。散房花序に伸びた枝先に可憐に咲いた五弁花は、桃色をおびた白い星型の花々が春の訪れを告げているようで、眺めているとうれしくなる。また花の下に広がる濃い緑色の葉も赤い縁取りが艶やかでいい。花言葉は「幸運を招く」といわれ、金運がアップする縁起が良い観葉植物として知られる。

大きな鉢の上にこぼれるように咲いた花を真上から見下ろすと、夜空に散る満天の星のようにも見え花の一つひとつが何かを語りかけている。ふと三年目の命日を迎える天国の妻がこの花の咲くのを楽しみにしていたのを思い出した。

花の原産地は南アフリカで、正式の名は「クラッスラ・ポルツアア」、和名は「フチベニベンケイ」、園芸店では「花月」とか。一般には「金のなる木」と無粋な名前を付けられているが、英名では「dollar plant」と呼ばれる。丸い肉厚の葉が硬貨に似ているからだというが真偽のほどはわからない。

盆栽の桜に見入るやまた楽し

朝早く庭に面した窓を開けると、デッキの片隅に置いた小さな盆栽の桜に朝日が当たり赤い花の蕾が見えた。折から暖かい春風が吹き静かに揺れる小さな桜、うれしくなり踏み台の上にのせじっくり眺めることにした。赤い蕾は日に日にふっくらと膨らみ、二、三日もすると、一気に五つの花が開いた。それも朝のうち淡い赤色をしていた花びらは午後には白っぽくなり大きく開いた。

美しく咲いた五つの花の一つひとつに顔を寄

せ見つめる。咲いたばかりの花は見るからに初々しく小さい花びらは生まれて間もない赤子の唇のようでもあり、大きい花びらは風呂上がりの生娘の唇のように見えてくるではないか。咲いた花の根元に芽を出した若葉も爽やかな緑色で生気が伝わる。

初めての桜の盆栽。鉢の大きさは直径一五・六センチ、高さ一〇センチ余り。桜の木は高さ二〇センチくらい。桜の種類は旭山桜のようだ。

今年の春は桜の季節に外出自粛となり、上野公園、千鳥ヶ淵、それに浅草・隅田川と毎年でかけていた花見が中止となったが、思いもかけなかった盆栽の桜が咲いたことから、これまでにない自宅での「一人花見」となった。

麗らかに晴れた日の一句また楽し

湧き水の音に聞き入る五月晴れ
朝日浴びひとり体操山笑う
すずらんの鐘の音聞こゆ朝の庭

陋屋に彩そえてはなみずき
亡き妻の笑顔のごとき牡丹咲く

麗らかに晴れた日に新緑あふれる公園を散策するのは清々しくいいものだ。このところ晴れた日には自宅近くの二つの公園を朝と午後に散策している。朝は「もえぎ野公園」で朝日を浴びながら自己流の体操をしながら身体を慣らしたあと池の周りを歩く。池には睡蓮が咲き、またカルガモやバンの子どもが見られ立ち止まることもある。

午後は少し離れた「藤が丘公園」へ行き、ベンチで若葉を透かして輝く春の日差しを浴びパイプを吹かしながら小休止。この公園はこぢんまりしているわりに樹木が多く、また手入れの行き届いた花壇があちこちにあり季節の花がいつも咲いて目を楽しませてくれる。さらに遊歩道に囲まれた池があり、その一角に清らかな水しぶきを上げながら石段を流れ落ちる小さな池がある。耳を澄ますと水の音がする。若葉の茂る樹木に覆われており、オナガドリが鳴いている。

わが陋屋の庭は狭いながら日当たりが良く樹木がよく育ち、なかでも花水木は彩を添えてくれる。玄関脇に置いたオリーブ鉢は花芽がいっぱい。居間続きにちょっとしたデッキを作り、その片隅に草花を植えた鉢を並べ眺めている。

月一回の句会は非常事態宣言で開かれず、通信句会となっているが、公園を散策し美しく咲いた草花を見つめての句作はまた楽しい。

快適なデッキのミニ書斎

庭先のまゆみの若葉を揺らし爽やかな風が吹き抜ける。わがデッキのミニ書斎は快適だ。晴れた日の午後のいっときデッキに置いた椅子にかけ、コーヒーを飲みながら読みかけの本を読んだり小説を書いたりしている。机の上に大型のパソコンを置いた室内の書斎にいて疲れたときなど気分転換にもってこいだ。

さして広くない庭先に設けたデッキは二畳ほどだが、小さなテーブルと折りたたみの椅子を置くには充分だ。先日から日差しが強くなってきたので、晴れた日はビーチパラソルを立てている。すぐ脇に紫陽花や連翹《レンギョウ》の花が咲き、香りのいいカサブランカも植わっている。

梅雨入りのころから花屋の店先に色とりどりの季節の草花が並んでいる。散歩の途中などに花屋へ立ち寄り、気に入った花の鉢を一つ手にして帰りデッキの端に並べている。朝の水やりを日課としているが、どの草花も日々成長しており新しい花を咲かせる。

鉢の中には春先に五つの花を咲かせた桜の盆栽もある。よく見ると散った花の一つが実をつけている。赤く色づいたサクランボだ。また、花はまだ咲いていないが鷺草もすくすく伸びており、白鷺が羽を広げて舞うような姿が見られるのが楽しみだ。

蠟梅の枝先に吊った風鈴が澄んだ音色を響かせる。浅草寺のほおずき市で買ったほおずきについていたものだ。また、時々ツーピー、ツーピーとシジュウカラのさえずりがする。耳を澄ますと何かを語りかけているようだ。

シジュウカラはデッキから少し離れた花水木に掛けた巣箱で子育て中なのだ。雄雌の親鳥がしきりに餌を運んでくる。鳴き声は連絡を取り合っているのだろう。巣箱に入る前にツーピー、ツーピーと声を交わすのである。巣立ちも近いようだ。

デッキのミニ書斎は小さなオアシスでもある。

ところで、今年の梅雨は気まぐれのようだ。朝方、いっとき激しく雨が降っていたかと思うと、一時間後にはぴたっとやみ真夏の日差しが照りつける。ひんやりしていた空気は

瞬く間に温まる。
「あっという間に、晴れたな」とデッキに立つと、目の前にオリエンタル百合が花開いているではないか。昨夕は蕾であったのが雨の中で成長し、強い日差しを浴びて一気に開いたのであろう。じっと見つめると花びらは静かに息づいている。六枚の花弁は見る見るうちに大きく伸び、真っ白から薄いピンク、そして赤紫と色を増してゆく。顔を近づけると微かな香りを放っている。花の息遣いというか生命力を目の当たりにする瞬間であった。
それにしても小さな鉢に植えた球根から伸びた一本のオリエンタルのどこにこんな美しい花を咲かせるエネルギーが宿っていたのか。生命の神秘を見る思いであった。

オリエンタルが咲いた二日後であった。デッキの椅子にかけていると、少し離れた花水木でツーピー、ツーピーとシジュウカラの声がしきりにする。と目の前の蠟梅の小枝に一羽の生まれたばかりのシジュウカラの雛がふらふらとしているではないか。「あっ、シジュウカラの巣立ちだ」とカメラを手にした。二羽の親が餌を運んでくる。巣箱の入り口から顔を出した雛はすぐにはまともに飛べない。落ちるように外に出た雛は近くの木の枝に引っかかるように留まり、しばらくたたずみ羽を慣らして次の枝に飛ぶ。その間に親鳥がしきりに餌を運び元気づける。

カメラを向けると、親鳥がジジ、ジジと警戒する。観察すること一時間余り。巣立った雛は親に誘導されたのかわがデッキから遠のいてしまった。巣立った巣箱を眺めながら、ほっとひと息、寂しい気分になった。

そして、三日後、カサブランカが咲いた。朝、窓を開けると、三本のカサブランカが真っ白の花を咲かせ爽やかな香りを放っている。前夜、激しい雨が降ったため、花の表面に水滴が残っている。顔を近づけると甘い匂いがする。

カサブランカは数年前、日比谷公園へ菊花展を観に行った際、近くで売っていた球根を一つ買い植えたものだ。昨年は二本になり今年は三本に増えた。

また、シジュウカラの雛の育ったばかりの巣箱の手前で凌霄花《ノウゼンカズラ》の花が次々と咲きだした。橙色の大きな花。学生のころたびたび訪問した東京・関口台町の佐藤春夫邸の玄関先に美しく咲いていたのを思い出し植えたものだ。春夫はこの花を「不老不逞でわが文学の象徴」と愛したという。見るからに色鮮やかな花。毎年咲くのを楽しみにしている。

快適なデッキのミニ書斎（続き）

そして、カサブランカが咲いた。朝方、窓を開けるとデッキの向こうで三本のカサブランカにそれぞれ真っ白な花が咲き爽やかな香りを放っている。前夜に激しく降った雨の名残りか水滴が花びらの表面に残っている。一足先に赤く色づいた花を咲かせたオリエンタルはもう散ったが、カサブランカは見るからに気高い雰囲気を醸し出している。うつむき加減に咲いた花は徐々に上向き、じっと見つめていると花の息遣いが伝わる感じに心が澄んでくる。このカサブランカは、数年前に日比谷公園へ菊花展を観に行った際、近くで売っていた球根一つを買い、土の中に埋め込んでいたもので、昨年は二本育ち、今年は三本に増えた。

また、シジュウカラの雛が育った巣箱の手前で凌霄花がつぎつぎと咲きだした。橙色の大きな花は美しく眺めていると晴れ晴れした気持ちになる。凌霄花は学生のころたびたび訪問した東京・文京区関口台町の佐藤春夫邸の玄関前の庭に咲いていたのを思い出し、家を建てた数年後に植えたものだ。花は咲きだしたころが美しく、しばらくすると咲いたまま下のつつじの青い葉の上に散る。

佐藤春夫は凌霄花を「不老不遅でわが文学の象徴」として愛した花といわれるが、毎年、美しく咲いた花を見るたびにご自宅を訪ね、応接間で謦咳に接した学生のころを懐かしく思い出す。また、いつも近くに座っていて見守ってくださった千代夫人の姿が瞼に浮かぶ。

そっと覗くメダカ楽しや秋の空

爽やかに晴れ上がった朝、庭先のデッキの小テーブルに置いた水鉢の中を覗くと、五匹のメダカがすいすい泳いでいる。「今日も元気だな」とメダカに語りかけながら朝のいっ

ときパイプを吹かしモーニングコーヒーを飲む。
五匹のメダカはいつも元気だ。じっとしているように見えるときも尾ひれをしきりに動かしている。細い口ひげを生やした顔の横に飛び出したような目もちゃんとあたりに注意を払っており、手を伸ばすとさっと逃げる。そっと覗くと、おゆうぎしているように見える。

めだかのがっこうはかわのなか
そっとのぞいてごらん
みんなでおゆうぎしているよ

ふと小学唱歌を思い出す。子どものころ田

圃の水たまりや小川でメダカをすくって遊んだものだが、持ち帰った記憶はない。デッキのテーブルに置いた水鉢のメダカは駅前の花屋で見かけたものだ。

今年は夏の初めごろ鈴虫の籠を玄関先に置き、いっときリーンリーンと鳴くのを楽しんだ。〈鈴虫の声聞く朝や目覚めよし〉と、鈴虫の澄んだ鳴き声を耳にすると爽快な気分になった。

メダカは耳ではなく、目で楽しむ。それもそっと覗き見る。そして、その生き生きした泳ぎに元気をもらうようだ。

ロマンをかき立てる街

年の瀬に出版祝う楽しけり
青空に煌めく海や小春日和
馬車走るセントラルパーク秋の風

今年は外出自粛を余儀なくされるなかで長年の友人夫婦が「横浜を舞台とした小説『魂の刻』を祝う会を開こう」と、山下公園を見下ろすホテル・ニューグランド五階のレストランで昼食会を開いてくれ、いい思い出となった。

港・横浜にはロマンがある。青空に白い雲が浮かぶ小春日和、煌めく海にカモメが舞う。晴れた日の昼下がり、一人山下公園のベンチにかけ港を眺めているとロマンをかき立てられ、新しい人生が始まるようなときめきを覚える。

新聞記者駆け出しのころ横浜に駐在し、近くの住宅に住んでいたこともあって、山下公園界隈は毎日のように散策する場所

だった。その後、同じ横浜でも佐藤春夫の『田園の憂鬱』の舞台にほど近い郊外に住まいを構えたが、山下公園へ月にいちどはでかけている。

日本大通りを港に向かって歩き、シルクセンターの裸婦像前から山下公園を経て、ニューグランドホテル、マリンタワー、港の見える丘公園、山手通り、そして元町の商店街から中華街へと散策する。そうしたなかで、いつかこの横浜の街を舞台に小説を書きたいという思いを深めてきた。ようやく一昨年末に『魂の刻』を出版した。腕利きの外国為替ディーラーが横浜で美貌の女能面打ち師と再会したのを機に横浜シルクの再興に懸ける物語で、男と女が出会い愛を育むのは山下公園界隈だ。男が人生の転機を決断するニューヨーク出張をリアルに描くため一週間余りマンハッタンへ取材旅行にでかけ、その際、セントラルパークを馬車で走るなど思い出深い作品となった。山下公園のベンチにかけ海を眺めていると、気の向くままニューヨークの街を歩いた思い出が横浜の散策と重なり、次に書こうとしている小説のロマンをかき立てられる。

朝日浴び煌めく蠟梅香しき

新年早々、庭先の蠟梅が咲きだした。朝、窓を開けると、極寒のなか黄色い花が俯き加減に朝日を浴び煌めいている。デッキに出てそっと顔を近づけると甘い香りが漂っている。その馥郁たる香りに寒さを忘れしばし新しい年を迎えた気分にひたる。

蠟梅は中国原産で江戸初期に朝鮮を経て日本に渡来し、梅、水仙、山茶花とともに、「雪中四友《せっちゅうのしゆう》」として尊ばれ、最初に咲く。花被が全部黄色をしているのが素心蠟梅で、葉の出る前に黄色い花を下向きに咲かせる。花言葉は「優しさ」「慈愛」「慈しみ」「ゆかしさ」「愛情」とか。花の目立たない時季にひっそりと咲く姿は見るからに奥ゆかしい。

蠟梅の近くに梅と椿、それに花水木が植わっている。それぞれ花芽は膨らみ赤色を覗かせているが開くのはまだ先だ。また水仙の花は一、二本開きかけている。デッキの端には小鉢に植えたパンジー、撫子、ネメシアなどの草花を並べているが、ほかの花木に先駆けて極寒のころに咲く蠟梅の花は際立って美しく見える。

一輪の花

咲く花に心潤ふ散歩道
日の当たる書斎の机福寿草

庭に面した南向きの書斎は日当たりも良く晴れた日は極寒といえども暖かく快適で、机の片隅に置いた福寿草も満開だ。

福寿草は元日草ともいわれ、花の少ない時期に見るからに暖かい黄金色に輝く花を咲かせ、眺めていると心も温まる。駅前の花屋の店先で見つけたとき三つだった花も日当たりを受け三日後にはそれぞれ枝花を咲かせ六つになった。

三寒四温のこの時期、暖かい日は続かない。朝から晴れた日にはつとめて近くの公園を散策することにしている。池の淵にある日当たりの良いベンチにかけパイプを吹かしながらあたりの樹木や草花を眺めていっとき過ごす。ベンチの傍らに水仙が咲いている。ふと水仙の花の上に目を移したとき傍らに植えられている河津桜の枝先に一輪の桜が花開いているのに気づいた。

「あっ、桜が咲いている」

と、声を上げた。

桜は満開の花を見上げるのもよいが、一輪の花がひっそりと咲いているのを一人見つめるのも楽しいものだ。よく見ると水仙の上に広げた枝先の多くの蕾も膨らみ赤色をしている。春は近い、もうすぐそこだと感じ入るのだった。

一方、書斎から庭先を眺めると、石灯籠の上に侘助の花がひっそりと咲いている。侘助は茶人に愛された花として知られ、咲いた花は全開せず少し下向きで、その可憐な姿が何とも奥ゆかしい。じっと眺めていると、一羽のメジロがすっと飛んできて、花の中に首を深く入れ蜜を吸っている。咲いた二輪の侘助の花が傍らにある小鳥の餌台の中をそっと覗いているように見

える。

　この餌台は、毎夏に近くの花水木に掛けた巣箱で子育てをするシジュウカラのために、石灯籠の隣に手作りしたものだ。さっそくシジュウカラが朝夕に餌台へ訪れるが、餌のひまわりの種を口にさっと飛び去り、美しく咲いた侘助を気遣う気配は見られない。

桜の光景

盆栽の桜麗し昼下がり　　一馬
さまざまのこと思ひ出す桜かな　　芭蕉

　ほんのりと赤みをおびた花びらが微かに揺れている。昼下がりデッキの小さなテーブルに置いた盆栽の桜。咲いたばかりの花は見るからに麗しく、眺めているとさまざまのことを思い出させてくれる。

　彼岸も過ぎて、桜満開と聞けば親しい友人と連れだって上野公園、千鳥ヶ淵、そして浅草・隅田川沿いと毎年でかけた花見。今年は誘いの声はかからない。

一方、毎朝散策する自宅近くの公園の桜も咲きだしており、ときに足を止めて見上げるが、一人のせいか花は美しいのにどうも気分が盛り上がらない。

そんな日常のなか、庭の片隅で大切に育てた盆栽の桜が今年も咲いたのはことのほかうれしい。椅子にかけ、テーブルの上に置いた咲いたばかりの桜の花を間近に眺めていると、花の一つひとつが何かを語りかけているような気分にひたる。

そこで、コーヒーを飲みながら、ときにパイプを吹かしながら、咲いた花の一つひとつとじっくり向き合う。すると、あちこ

ちで感動した美しい桜が瞼に浮かぶように思い出されてきた。

最初に浮かんだのはカーブを描いて川面を彩るように咲いていたワシントン・ポトマック川沿いの桜並木。次いで京都・東山のふもとの哲学の道の並木、ライトアップされた円山公園の中央にある「祇園の夜桜」と、その美しさに感嘆の声を上げた満開の桜の光景が次々と浮かんでくるのであった。

しばし目を閉じ、ともにその美しさに感動し、時間の経つのを忘れ語り合った友はその後どうしただろう、一人思いを馳せるのであった。

深まりゆく春

黄菖蒲や池の面染めて囁けり　一馬
翡翠《カワセミ》が掠めし水のみだれのみ　中村汀女

池の周りを囲むように咲いた黄菖蒲の花が染めた水面がささやいている。池の淵のベン

チにかけパイプを吹かしながら新緑の滴る樹木の若葉を眺め、ささやく黄菖蒲に眼を移したときだった。ポトンと水面に何か落ちる音がした。
「あっ、カワセミだ」
思わず声を上げげた。久し振りに目にするカワセミ。池の上に伸びた木の枝に留まり池を見つめている。頭から背にかけて光沢をおびた青緑色が美しい。池には餌となる小さなクチボソが棲息している。予期せぬカワセミとの出会いにうれしくなった。
目の前を黄蝶が舞う。二羽のオナガドリが池の上を横切り木から木へと飛んで行く。耳を澄ますとシジュウカラの鳴き声がする。ボウー、ボウー……と土鳩の声もする。大きなヒマラヤスギや松の茂る遠くで鶯の声もする。

黄菖蒲を眺め、小鳥の声に耳を傾けながら深まりゆく春の息吹を身近に感じるのは心潤い気分がいいものだ。

ところで、若いころたびたび謦咳に接した佐藤春夫は随筆『われらが四季感』で、「『ぼくはもう極楽行きは見合わせることにきめたよ』とあるとき、芥川龍之介が話しかけてきたことがあった。『極楽は四時、気候、温和快適だとかで、季節の変化は無いらしいね。季節の変化のない世界など、ぼくにはまっぴらなのだ』と、いかにも芥川らしい言い分であった。彼は一面で俳人であり、俳句は季節の変化を主題とする文学だから……芥川が季節の変化を無上の喜びとしたらしいこの言ひ分は、俳人ならずとも、すべての日本人に同感されてよいものと思ふ」と述べている。

「極楽行き」はともかく、時々歳時記を繙き月一回の句会を楽しみにし、季節の変化、天候や四季の推移に敏感になっているだけに、この一文をおもしろく読んだ。

ひとくちに四季というが、時季は日々変わっており、公園の池の周りに植わった花の咲く木も、春先に咲いた河津桜が散りかけるのを待っていたように白梅が咲き、次いで染井吉野、そして、こぶしの花と、深まりゆく春のうつろいを楽しませてくれる。

紫陽花の咲くころ、カルガモの子誕生

紫陽花や白よりいでし浅みどり　　渡辺水巴
かるの子のつぎつぎ残す水輪かな　　村上鬼城

自宅近くの公園の池の周りの紫陽花が咲きだした。紫陽花は花の咲いている期間が長く、蕾がほころび始めたころ淡い緑色をしていた花はしだいに白くなり徐々に青や赤紫に色彩を変え、見る目を楽しませてくれる。咲きだした紫陽花を眺めながら砂利道を歩いているときだった。池の傍らで忙しげに動き回る小さなカルガモの子たちに出会った。

紫陽花は梅雨どきに咲く花として知られるが、カルガモの子も同じころに誕生する。誕生して間もないのかカルガモの子は小さく握り鮨ほどの大きさで、親鳥に寄り添い忙しげに渦を描いている。一塊になり動きが速くて何羽か数えられない。よく見ると十一羽いる。

この池では毎年カルガモが子育てする。誕生するのは十羽ほどだが、無事育つのは五、六羽で全部育つことはない。今年こそは全部育ってほしいと思う。しばらくすると親鳥が

池の淵の芝生に上がる。すると忙しげに動き回っていた子ガモたちは次々と親鳥のお腹へ潜り込むように羽の下に隠れ見えなくなった。よし、これなら大丈夫と、すぐ近くの紫陽花を眺めながら明日もういちど見に来ようと帰路についた。

翌朝、さっそく公園の池へ。カルガモの子たちは親鳥につかず離れず元気に泳いでいる。ところが数が足りない。前日より一羽少ない。どうしたのだろうと思うが、親鳥も気にかけていない様子だ。池には大きな亀も棲息している。またカラスもよく見かける。何かよくわからない。次の日は朝から大雨が降った。カルガモは無事だろうか気になり雨が小降りになった夕方、池を見に行くとカモの子は六羽になっていた。

雨が降って勢いついたのは紫陽花で多くの花が青味を増している。紫陽花とカルガモを対比するわけではないが、誕生したばかりの元気な姿を思い浮かべカルガモの子育ては大変だと紫陽花を眺めながら思うのであった。

その後、二、三日してカルガモの子は二羽となった。親鳥は何事もなかったように二羽のあとを追うように泳いでいる。その光景に頑張れ、元気に育てと声援を送った。

朝顔の彩る窓辺

朝顔の彩る窓辺静かなり　一馬
朝顔や下町情緒醸し出し

梅雨の晴れ間、通りに面した玄関先の窓辺に蔓を伸ばしカーテン状に仕立てた朝顔が咲きだした。雨上がりの早朝、白、赤、青、紫と咲いたばかりの朝顔を目にしたときの清々しさは気分のいいものだ。どの花も初々しく、そっと手を伸ばし触れる花びらは薄く、生まれたばかりの赤子の肌のように美しい。朝に咲いた花は微かに揺れ浄めているのだろうか。あたりは澄み渡り静寂である。

朝顔は「朝の容花《かおばな》」といわれるように朝に美

しく咲いた花も、昼にはしぼんでしまう。「はかない恋」の花言葉もあるが、咲いている時間が限られているだけに、早朝に咲いたばかりの花を見つめる気持ちは一入《ひとしお》といえよう。

朝顔といえば、東京・下町の入谷の鬼子母神で開かれる入谷朝顔市へでかけるのを毎年楽しみにしてきた。栽培農家の人たちが丹精込めて育てた朝顔の鉢がいくつも並ぶ市場の華やいだ雰囲気は格別で、気に入った一鉢を手に帰宅するのはいい気分だった。ところが、今年は開かれないというので急遽送ってもらった。

「下町からの贈り物」と薄い赤色で印刷された段ボール箱に入れ丁寧に送られてきた。玄関先に置き翌朝、美しく咲いた朝顔を目の前にし、今年もいい年になると思うのだった。

楽しいクリスマス

今年もクリスマスを祝う季節になりました。街のあちこちに美しい飾り付けをしたクリスマスツリーが見られ出歩くのが楽しくなります。最近は個人の家でもクリスマスの飾り付けが見られるようになりました。わが家でも玄関先の白壁にメリークリスマスの飾り付けをしたリンクを掛け、居間に小さなツリーとサンタさんの人形を並べました。これらの飾りは亡き妻の手作りです。

街を歩いていて美しく飾り付けをした大きなクリスマスツリーに出会うと、つい立ち止まり見上げます。クリスマスを待ちわびていたからでしょうか。どこからかジングルベルの鈴の音が響き、今にもトナカイの引く犬橇に乗ったサンタクロースが目の前に現れるような気分になります。すると、聖歌隊の歌う讃美歌が聞こえ心が沸き立ってくるのを覚えます。

主キリストの降誕をたたえる讃美歌はいつ聞いても美しく、心に響きます。季節を問わず口ずさむ幸せの歌です。

もろびと声をあげ　よろこび称えよ
かみのめぐみ　この世に現れ

と口ずさむと、心の底から喜びが沸き上がり勇気が湧いてくるのです。また、

きよしこのよる　星はひかり
すくいのみ子は　まぶねの中に
ねむりたもう　いとやすく

と歌うと、「あなたがたのために救い主がお生まれになった」と天使から聞いた羊飼いたちが「さあ、ベツレヘムへ行こう。主が知らせてくださったその出来事を見ようではないか」と急ぎ、「飼い葉桶に寝かされている乳飲み子を探し当て」、神をあがめ讃美する光景が一枚の絵のように瞼に浮かびます。ときに、その馬屋を見に行きたい気持ちにかられることもあります。そして、

諸人こぞりて　むかえまつれ
久しく待ちにし　主はきませり
主はきませり　主は　主はきませり

の合唱が聞えてくるのです。時間の過ぎるのを忘れてツリーを見上げます。結婚して間

もないころ、クリスマスに教会で讃美歌を歌うのが楽しみでした。ミッションスクールで学んだ妻は歌い慣れており、きれいな声でした。そして、夜はとりの腿を焼き、手作りのケーキで楽しいクリスマスを迎えたのが思い出されます。妻亡きあと、二人の子どもがそれぞれ家族を伴って集まります。その場で讃美歌は歌いませんが、妻の歌声は聞こえてきます。

新緑を愛す

新緑が美しい季節となった。

四月末の晴れた日の昼下がり、新緑の下を歩こうと、樹木の茂る森や畑など田園風景が広がる「寺家ふるさと村」を散策してきた。

山裾の小道を歩くと、新芽の美しい樹林から緑の風が吹き下ろしてくる。清々しい新緑は人間の心を癒やし生きる喜びを満たしてくれる。

「四方の梢うごめく」というが、この季節にうごめくのは樹木の梢ばかりではない。歩く小道の足元にはタンポポが咲き、土手の草むらにはすみれの小さな花が目を楽しませてくれる。また林の中から鶯の鳴き声が聞かれ、蝶が舞い降りてくる。さらに歩き「むじな池」から「大池」へ近づくと池の淵の水たまりで蛙たちの合唱が足元を揺るがす。腰を折って池を覗く。小魚の泳いでいるのが見える。「おい、みな元気だね」と声をかけた。

「ふるさと村」の近くにはオリーブなどの花が咲き、実のなる木の苗や季節の草花を展示した大きな園芸店がある。花芽のついたオリーブと薔薇の鉢を手に帰途に就いた。

狭いながらも日当たりの良い庭があるのは幸いである。

わが家の庭も新緑と花の季節。通りに面した生垣の「とくさまんさく」に次いで、西側の鈴蘭も咲きだした。まゆみ、梅、蠟梅、椿、ミカンなどの植木は今新芽の盛りだ。玄関先の二本のオリーブも順調に育ち花芽が膨らみだしている。居ながらにして季節の移り変わりを楽しめるのはよい。

庭先に面して小さなデッキに小机と椅子を置き、デッキの端にミニ薔薇、マーガレット、すみれなど草花を並べている。またその脇に数年前から始めたヤマモミジ、松、桜、木瓜《ボケ》などの盆栽をのせた棚を置いている。このところ朝のいっとき、椅子にかけFMラジオのクラシック音楽を聴きながらコーヒーを飲むことにしている。

うすいピンク色の花が咲いた花水木に掛けた巣箱でシジュウカラが巣作りを始めた。餌を口にしたオスがツピー、ツピーと花水木の小枝に留まり巣箱に向かって呼びかけると、巣箱にいるメスが入り口に顔を覗かせ餌を受け取る。餌を届けたオスはさっと飛び去る。庭の片隅で見られる何ともほほえましい光景である。

ときには新聞を読んだりエッセーを書いたりもするが、新緑の美しいこの季節、デッキの椅子はかけがえのない場所である。

美との邂逅

心を癒やす一枚の絵

ほっとひと息ついたとき、画集を開いて見つめる一枚の絵がある。天使のような画僧といわれたフラ・アンジェリコの「受胎告知」だ。いつも心が洗われる思いがする。画集には別の画家の描いた「受胎告知」の絵が多くあるのに、この絵は特別なのである。

絵は、かつて僧侶たちが修行を積む修道院だったというサン・マルコ美術館の二階への階段を上がった廊下の壁に描かれている淡い色調のフレスコ画だ。階段の途中でこの絵を見上げたとき、私は金縛りにあったように動けなかった。もう十年余り前の話なのに、昨日の事のように思い出す。

「受胎告知」は、神の御使いの大天使ガブリエルが神の言葉を伝えるべく地上に舞い降りてきて、マリアと対面するという、キリスト教にとって最大の事件を描いたもの。神の子を身ごもったと告知されたマリアの心の動きが、その身振りや表情に豊かに描かれている。

欧米の美術館には画家が精魂込めて描いた同様の絵が多くあり、日本では倉敷市の大原美術館にあるエル・グレコの「受胎告知」が知られる。掘辰雄が「こんどはどうあっても僕はエル・グレコの絵を見て来なければなりません」(『大和路・信濃路』)と、奈良から倉敷へ旅立つことを書いているが、私が最初に「受胎告知」の絵に出会ったのも大原美術館であった。

その後、なぜか気に懸かり、エル・グレコの絵を見るためにトレドへ行き、マドリッドのプラド美術館で、フラ・アンジェリコの別の「受胎告知」を見てすっかり魅せられ、各地の美術館を巡った。そして、フィレンツェのサン・マルコ美術館で、中庭から差し込むやわらかな日差しに輝くこの絵と対面し、静謐な空気の中で自然と頭が下がる思いにうなだれていた。

両手を胸の前で交差させ大天使に向かってしとやかに身を傾けるマリアの心の動きが伝わってくる。マリアは、「どうして、そのようなことがありえましょうか。私は男の人を知りませんのに」と問いながらも、すぐに「お言葉どおり、この身に成りますように」と受け入れる。

フラ・アンジェリコはお祈りをしてから絵筆を手にしたという。絵を見つめていると、マリアの心、魂の世界に引き寄せられる。人間は生きているのではなく、生かされている。そう思うような従順な気持ちになる。それは、祈りの世界といってもよいかもしれない。胸の内に深く沁みこむように、大天使の告げる言葉が私の心に伝わってくるのである。

いつかマリアの言葉に自分の思いを重ねてみる。自分はマリアのように素直に信じ、言葉をそのまま受け入れられるだろうか。そして、「信じるものは幸せである」とこの絵は教えてくれる。

そんなとき、ふと思い出す。幼いころ過ちを指摘され、「わかったか」と叱声を浴び、「はい」と直立して背の高い父を見上げている自分の姿である。また、あるときは、駅頭で「しっかりやるんだよ」と、訴えるような目で見送る母を前に「わかった」と心に頷いた若いころの情景である。

わが人生、「どう生きるか」ではなく、「どう生きてきたか」を問われる年代になったからだろうか。この絵に対する思いは深く、いつも新鮮である。

私が開いて見つめる画集は、鹿島建設の名誉会長であった鹿島卯女《かじまうめ》さんが昭和二年の秋にフィレンツェを訪れ、ウフィツィ美術館で見たシモーネ・マルティーニの「受胎告知」に強く感動し、昭和五十二年に企画・監修されたもので、高階秀爾・編集、岡村崔《たかし》・撮影、そのタイトルも『受胎告知』(鹿島出版会)である。
この豪華な画集のカバーを飾っているのは、サン・マルコ美術館の廊下の壁に描かれたフラ・アンジェリコのフレスコ画である。

陶芸の里・笠間の魅力

「西に傾いた春の日が茜色の稜線の向こうに静かに沈む。すると、小高い丘を取り囲む山並みは、濃い墨色に染まった。遠くにぽつんぽつんと民家の明かりが灯りだす。そして工芸の丘は、瞬く間に闇に包まれた。」

(『炎の森へ』より)

これは、笠間を舞台にした小説『炎の森へ』(日本経済新聞出版社)の一節です。私は、この小説を書くために一年半余りの間に八回、泊りがけで笠間へでかけました。工芸の丘は、笠間盆地の中央に位置し、笠間稲荷神社のある市街地から少し離れています。自然林と接しており、空気が澄んで、昼間は見晴らしの良い所です。日が暮れると、瞬く間に闇に包まれ、満天に星が輝く。星空を見上げて立ち尽くしたこともありました。

笠間工芸の丘付近には、素晴らしい茨城県陶芸美術館と設備の充実した県窯業指導所があります。陶芸美術館は、文化勲章を受章した県内出身の板谷波山の作品をはじめ、日本を代表する陶芸家の作品が数多く展示してあり、それらの作品に接することは喜びであり幸せな時間でした。

また、県窯業指導所では、轆轤《ろくろ》に向かって焼物作りの基本を熱心に学ぶ若者たちの姿に身近に接するたびに、若者たちは、いつの日か陶芸美術館の作品を超えるものを目指しているように思えたものです。

時間があるときは、丘の坂道を下って、「陶の小径」を散策し、中西一朗さんや山崎俊夫さんの店に寄り、陶芸家になるまでの苦労話を聞いたものでした。轆轤をひく山崎さんの名人芸を見たこともありました。

笠間では、二十年余り前に忘れられない出来事がありました。ある日、今や笠間焼の重鎮となられた中野晃嗣さんを訪ね、陶芸にかける夢を伺ったことがあります。そのとき頂いた小ぶりの壺とぐい呑みを大切に持っており、この小説を書くとき、たびたび中野晃嗣さんを思い出したものです。

小説は、四十七歳になる銀行マンが十年前の金融危機で自行が破綻したのを契機に、好きな陶芸を身につけ、残りの人生を「充実したものにしたい」と、東京に近い笠間に来て窯業指導所に入る。若者たちに負けないようにと、夜もろくに寝ないで修業する毎日。そして見事に陶芸家として独立する物語です。

その裏には、「夢を実現させましょう」と夫を励まし、家計を補うため働きに出る妻の存在がありました。「今までのような生活はできなくてもよい」と、覚悟しての決断でした。そして、夫婦の生活は、その日から様変わりするのでした。

実は、この小説にはモデルがありました。「あとがき」に述べたように、書くきっかけはそのモデルにした人物（主人公）の個展を東京のギャラリーで見たことでした。そのとき、「充実した人生とは何か」を考え、固い絆で結ばれた「夫婦愛」の姿に感動したからです。

百年にいちどの経済危機に直面し、勤務先が破綻したり、突然、リストラの憂き目に遭遇することが珍しくない時代です。そんなとき、この小説を読み、夢と勇気を取り戻してほしいものです。

笠間は、陶芸を修業するのに素晴らしい所でした。また、「陶芸美術館」や「日動美術館」、北大路魯山人の旧居を移築した「春風萬里荘」などがあり、散策するのに良い所です。陶炎祭にでかけるのも楽しみでした。

焼物の魅力――使う喜び眺める楽しみ

一人で酒を飲むとき、器にこだわるようになった。日本酒は、中里太郎右衛門（十三代）のぐい呑みが手に馴染み気に入っている。白釉と黒釉とをたっぷりかけた朝鮮唐津の景色が素晴らしい。また、笠間焼の重鎮、中野晃嗣さんから頂いた笠間焼のぐい呑みも、草花を描いた素朴な感じが良く、時々手にする。

ビールは、もっぱら小西陶蔵の備前の麦酒杯を愛用している。薄いざらざらした感触が冷えたビールをうまくしてくれる。たまにウイスキーをオンザロックで飲む。そのときは、バカラのグラスと決めている。ウイスキーを注ぐと氷がグラスに当たり透きとおった響きをたてる。

器によって酒が変質するとは考えにくいが、気に入った器は酒の味を引き立て、飲むほどに豊かな気持ちになるから不思議だ。

日常の飲食に優れた焼物を使うのは真に喜ばしいことだ。一方、名品といわれる焼物を眺めるのも楽しいものだ。

このところ、魅入られたように焼物の展示会を観て回っている。名品といわれる焼物は、見つめる人の心に示唆に富んだ多くのことを語りかけ、ときに甘い夢の世界へ誘い、時間の経つのを忘れさせてくれる。

笠間にある茨城県陶芸美術館には文化勲章を受章した地元出身の板谷波山の作品を数多く展示している。波山は、透明釉の下に模様を描き本焼きで発色させる釉下彩の技法を発展させた独創的な作風で知られる。私は、波山の大きな花瓶の前で、金縛りに遭ったように動けなかった。

ほんのりとした桜色に染まった花瓶は、官能的な色合いの下絵を薄い膜で覆ったかと見紛う。巧まずして女人の裸体を醸し出していたからである。柔らかな肌に薄絹をまとった女人は、妖艶な微笑を浮かべている。私はふと、花瓶と能面の「万媚」とを重ねて思いを深め、そっと手を触れてみたい衝動に駆られていた。

数年前、景徳鎮の名品を陳列した上海博物館の二階で大きな壺を前に、同じような体験をしたことがある。しっとりとして艶やかに輝く薄紫の陶器の肌はあまりにも美しく、私の心をとらえた。じっと見つめているうちに景徳鎮の壺が隣にいた若い中国人女性の丸いお尻のように思えてきた。

その女性は日本へ留学したことのある才媛で、上海を舞台にした小説の取材をしていたとき、いつも案内役をしてくれた。「万媚」そっくりの顔立ちで、情感あふれる目で語りかける。私はいちどならず、その目に惑わされた。

さて、感動させられる焼物は、深みのある色彩や釉の輝きが優れているだけではない。何より造形が完璧で、生き生きとして見る人の心にすっと迫る力を内に秘めている。それは、精魂込めて粘土をもみ、全身の力を結集して轆轤を引く。作意を超えた作家の気持ちが形となったものだ。

優れた焼物はどこの土で焼かれたかと問われるが、窯変と言われるように、焼く温度、炎のまわり具合が焼物の仕上がりに大きな影響を与える。それには、人知を超えたものがある。

「土もみ三年、轆轤七年」と聞く。優れた作品には作家の長年にわたって培われた魂が凝縮している。

　ここ数年、陶芸ブームで各地の陶芸教室やカルチャーセンターの教室は、焼物に興味をもつ中高年の男性や若い女性で満員の盛況という。自分で作った器で飲む酒はまた格別で、特別の味がするかもしれない。

仮面と心

　真ん丸い目にぽっかりと開いた口。笑っているようにも見える巨大な彩色土面の影像の前で、立ち止まり見上げた。

「これは、おもしろい」

「好きな仮面をつけ、その椅子におかけになりませんか」

　近くに居合わせた案内の女性係員に声をかけられた。

　仮面の下に椅子が一つ置いてある。勧められるままに椅子にかけると、椅子の周りに飾ってある仮面の一つを手渡された。

「お似合いですよ」

初秋の午後、日本橋に近い三井記念美術館で数々の能面を鑑賞した帰り、路地を隔てた隣のデパートの玄関先であった。美しい能面の残像がまだ脳裏に漂っていたからか、ことのほか巨大な彩色土面の影像に心を奪われた。

ぽっかり開いた目と口は印象的で、巨大な影像となって飾られると強烈に人目を引く。どこかで見た土面――展示会であったか、画集であったかと、思い巡らす。この彩色土面は、昭和六十年に大阪府和泉市の仏並遺跡で土器などと一緒に発掘修復されたもので、縄文後期前葉（紀元前二〇〇〇年）に作られたものだ（大阪府文化財センター所蔵）。現物は縦二五センチほどの土面で、祭事に使われたものか、あるいは邪気を祓うものとして埋葬されたのかもしれないという。

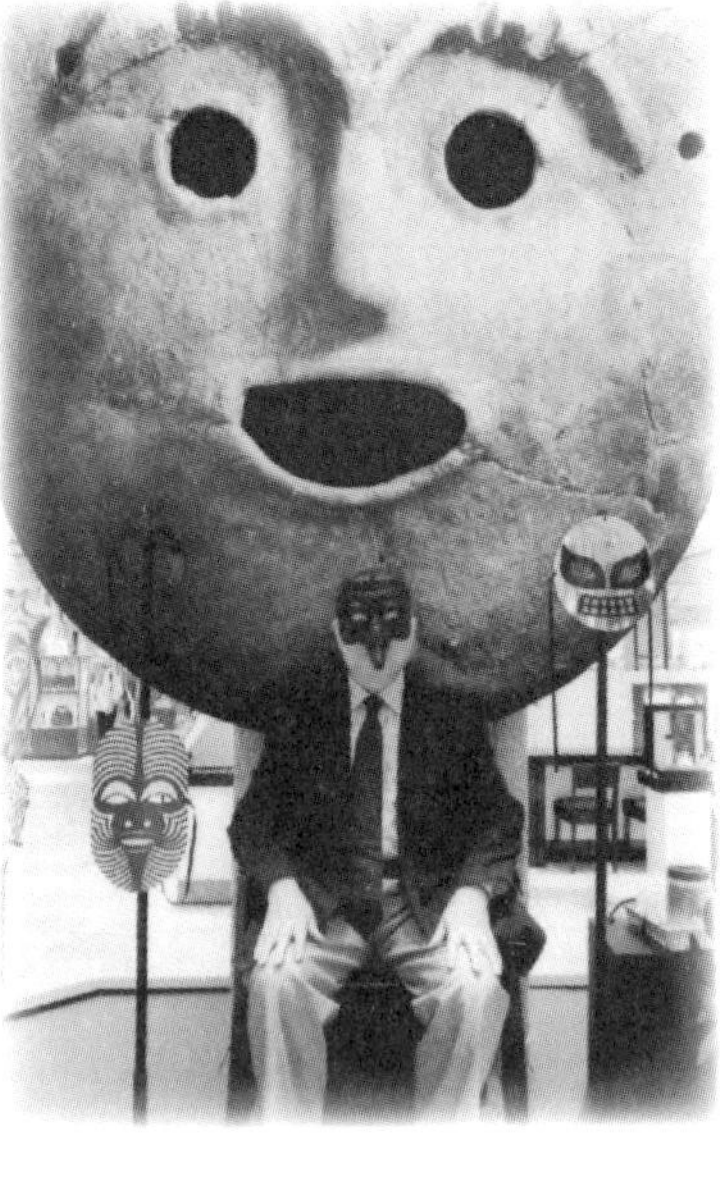

私がつけた仮面は、ヨーロッパのカーニバルなどでよく見かけるもので、プラスチック製で軽く、また目孔も大きいので視界も広く、前に立つ人の姿がよく見えた。この場へ訪れる多くの人は何より巨大な彩色土面の影像に圧倒される感じであったが、影像の下にかけた私はどうであったか。見知らぬ人に見つめられても不思議と気にならない。心理的動揺は皆無であった。

これは、私にとって大きな発見であった。つまり、仮面は顔を隠して正体をわからなくするために用いるものだと実感したわけである。仮面をつけ、顔の一部を隠したことで、別人になったような解放感に気づいたのである。

ふと、私は能面打ち師の家で若くて美しい女面の小面をつけたときの気持ちを思い出した。能面の目孔は小さく視界が狭いこともあるが、それ以上に、女面をつけているという意識が強まり、落ち着かなかった。仮面と能面は違う。仮面は人の心を隠すものだと改めて知った。

帰宅して書斎の書棚の本の間に立て掛けてあるアフリカの仮面を手に取ってみた。アフリカ旅行の土産に友人から頂いたもので、ケニヤで見かけたものだという。友人はこの仮面にアフリカの大地を感じたようだ。仮面を見ていると、長い槍を片手に裸足で踊る原住民の若者たちの姿を連想する。

ベネチアの路地を歩いていると、さまざまなカーニバル用の仮面を飾っている小さな店を見かける。カーニバルでは多くの男女が顔を隠すことによって、身分や素性を問われることなく街を歩き、踊る。

仮面は不思議なものだ。

「翁」の舞、そして微笑

年の初めに、ゆたかな微笑を浮かべて舞う翁の夢を見た。さっそく「翁」に逢いたく、水道橋の能楽堂を訪ねた。

翁　ちはやふる、神のひこさの昔より、久しかれとぞ祝ひ、
地謡　そよやりちやどんどや。
翁　およそ千年の鶴は、万歳楽と謡うたり。また万代の池の亀は、甲に三極を戴い

たり。

滝の水、冷々と落ちて、夜の月あざやかに浮んだり。渚の砂、索々として、朝の日の色を朗ず。天下、泰平国土安穏の、今日の、御祈禱なり。

正月飾りのある能舞台、鏡板に描かれた老松の緑がしっとりと色鮮やかに浮き上がって見える。

ピィーヒャー　ピィーッ――

笛の音が能楽堂に響き渡る。「翁」は神事で、舞台に登場する前に鏡ノ間で清めの祭儀を行い、面箱持を先頭に、翁、千歳、三番叟、囃子方、後見、地謡……と橋掛りから登場する。

翁は舞台で面をつけ、扇を開いて右に持ち舞う。

そして、「千秋万歳、喜びの舞なれば、一舞（ひとまひ）舞はう万歳楽（まんざいらく）」と、舞い納める。

『翁』は能にして能に非ず」といわれ、「シテは面をつけて神となる」と聞く。その舞いはぴりっとして神官の舞いのようであった。

私は、能舞台を見つめながら二年前、中尊寺・白山神社を訪れた際、小高い山上の杉林の中にどっしりと立つ草ぶき屋根の能楽堂を思い浮かべ、いまなお記憶に新しいその能舞台に、翁の舞いを重ねていた。

しばらくして、子どものころ奥飛騨の山間の細い道で出会った老人の皺のよった笑顔が瞼に浮かんできた。そのとき、私は初対面なのに昔からの知り合いのような親しみを覚えると同時に尊敬の念を抱き、思わず「こんにちは」と声をかけていた。顔を合わせた瞬間に幸せな気持ちになったのであった。翁の舞いを観て、あんな美しい笑顔のお年寄りにまた逢いたいと思った。

翁面は目がへの字型に刳《く》り貫かれており、下顎が切り離してあるなどほかの能面には見られない特徴がある。また、長寿を思わせる目尻から額と頬に流れるように刻まれた皺とひときわ長い白髭がある。

中尊寺・白山神社の能楽堂

中尊寺の翁面（岩崎久人作）

翁の面にゆったりした親しみを覚えるのは、なにより面の品位にある。鷹揚で腹の底からあふれ出てくるほほえみを醸し出している。こうした品位は、古拙微笑（アルカイック・スマイル）に通ずるもので、長い時を経て誕生したものと思われる。

そもそもお年寄りの顔の皺は、何年も同じ表情を繰り返し重ねているうちに固定化したものだといわれる。この世に生を享け、喜び、悩み、苦しみと、長い年月のすべてを克服し、生きている幸せを感謝している表情が翁の微笑のように思う。

顔の表情は心の窓といわれるように、顔をちらっと見ただけでその人の精神状態や人格まである程度読みとれるものだ。子どものころ山道で出会ったような翁を彷彿とさせる笑顔のお年寄りには滅多にお目にかからない。

梅の香りに心を研ぎ澄ます

君ならで誰にか見せむ梅の花色をも香をもしる人ぞしる　紀友則

民家の軒下に雪の残るひんやりと晴れた冬の日、路地を歩いていると爽やかな梅の香りがした。足を止め顔を上げると、垣根の上に大きく伸ばした枝先に紅色の花がこぼれるように咲いている。思わず大きく息を吸う。漂う花の精気が胸の内にすっと伝わり幸せな気持ちになった。

その翌日だった。上野の森美術館で肉筆の浮世絵展を観に行き、庭先に梅の花の咲く和室で打掛を着た美人が香りを聞く浮世絵に出会った。左手に持った香炉を右手で覆い、香りを聞いている美人の手前に立つ若い娘が花の咲いた梅の小枝を手に縁側へ上がろうとしている姿が描かれている。その若い娘は庭の梅の木を見返しながら満開の梅の花のほうがいい香りがしますよとでも話しかけているのがおもしろかった。

浮世絵の美人画に見とれるほどに梅の香りを聞きたくなって浜離宮の梅園に立ち寄った。隅田川寄りの梅園には紅梅が花開いていた。浮世絵の若い娘を思い描きながらそっと小枝に指を掛け顔を近づけた。微かな香りをかぎながら座敷で聞香していた美人に思いを馳せた。

一人で聞香を楽しんでいた浮世絵の美人を思い浮かべるうちに、数年前通った鎌倉の聞香の会の情景が思い出された。香道は茶道や華道と同じように室町時代からの伝統芸能で香りの芸術といわれるが、心を研ぎ澄ましていくつかの香りを聞き、その繊細な違いを当てるのは難しかった。奥が深く組香を楽しむまでには研鑽を積むことだと悟った。

その体験は、小説『上海霧の摩天楼』の中で書いている。

「香席では、隣の人に会釈する程度で会話を交わすことはほとんどない。次々と焚かれる試香を静かに眺め、まわってくる聞香炉を丁寧に手にとる。気が散っていては聞けない。淑子はこの澄んだ香席の空気がたまらなく好きであった。（中略）

この日の組香のテーマは残桜香で、藤原盛房の歌『夏山の青葉まじりの遅桜はつ花よりもめづらしきかな』からとった。まず試香の遅桜、次いで夏山を聞いたあと本香で順不同に、夏山、青葉、遅桜の各香を聞き分ける。

『鶯の谷渡りが聞こえますね』

香元が香を焚きながら席に声をかける。開いた西側の高窓から鶯の鳴き声がはっきりと聞きとれた。ちょうど淑子が試香を左手に持ち替え聞こうとしたときで、その瞬間に香りを聞き落してしまった。集中しようと焦るとかえって心が乱れ、上の空のまま時が過ぎた。」

新しく始まる道、心の道

主はこう言われる。
さまざまな道に立って、眺めよ。
昔からの道に問いかけてみよ
どれが、幸いに至る道か、と。
その道を歩み、魂に安らぎを得よ。

（旧約聖書　エレミヤ書六・一六）

このところ、毎朝、自宅近くの公園の池の周りをゆっくり歩く。ときに、まっすぐに伸びる道に出たとき一心に走りだした幼い子どものころを懐かしく思い出す。また週に一回は自然の残る「寺家ふるさと村」の小高い山沿いの道を歩く。若葉のもえる樹林を眺め小鳥のさえずりに耳を傾けるのは気持ちのいいもので、生きている実感が湧いてくる。

歩いているとき、ふと東山魁夷の「道」の絵が心に浮かぶ。若いころ、美術館でこの「道」の前に初めて立ったとき、深い感銘を受け、いつの日かこの道を歩きたいと思い、その数年後にいちど、青森県八戸の種差《たねさし》海岸へでかけたことがある。緑の芝生の連なる浜辺は美しく、立ち止まっていたく感動した。しかし、まだまだ若輩だったからか、描いた東山魁夷の心情に迫るには至らなかったと顧みる。

家に戻って、さっそく東山魁夷の画集を開き、随筆集『わが遍歴の山河』を繙いて思いを深めた。東山魁夷は随筆「ひとすじの道」の中で「道」を描くに至った真情を吐露している。

「悲惨な戦争、次々と死んで行った肉親、たしかに私は未だ死への親愛感にとりつかれている。が、今墓地から甦った者のように、私の眼は生へ向かって見開かれようとしている。私の精神は徐々にではあるが、生を把握する日がくるのを暗示しているようだ。全てが無くなってしまった私は、又、いま生まれ出たのに等しい。これからは清澄な目で自然を見ることが出来るだろう。……こう考えた時に、私の眼前におぼろげながら一筋の道が續いているのを見出すのでした。」（『わが遍歴の山河』）

長い遍歴の後に描かれたのが「道」と題された絵であった。この絵について東山魁夷は、

「夏の早朝の草原の中に、ひとすじの道がある。

遍歴の果てに、新しく始まる道。

絶望と希望が織り交ぜられた心の道。」

と記している（『東山魁夷全集1　風景巡礼Ⅰ』）。

種差海岸にある牧場でのスケッチからヒントを得たもので、スケッチから十数年後に再度現地を訪ね、昔のままの姿を前に「この作品の象徴する世界は、私にとって遍歴の果てでもあり、また、新しく始まる道でもあった。それは、絶望と希望を織り交ぜてはるかに続くひとすじのみちであった。」（同）と述べている。

いま、私が東山魁夷の「道」に改めて深く感銘するのは、天国に召された妻、浩子を心に「新しく始まる道」に思いを馳せるからか。

奥飛驒の高校を出て上京する私を駅のホームまで見送りに来た母は、列車が発車する間際にひと言「自分でいいと思う道を歩け」と口にした。私はその声を心に「前へ、前へ進もう」と目指した一筋の道をひたすら駆け抜けてきた。悩んだり悲しんでいる余裕はなかった。多くの師、友人との出会いに恵まれた。とりわけ浩子と巡り会えたのは幸運であった。

改めて、東山魁夷の「道」の絵を見つめる。絵は、美しい自然の中に新しく始まる道、心の道を示している。

「アルルの跳ね橋」「ひまわり」そして「自画像」

今年も数多くの絵画を鑑賞する機会に恵まれた。「美とはわれわれに快感をあたえるものである」（ハーバート・リード『芸術の意味』）というが、「アルルの跳ね橋」、「ひまわり」、そして「自画像」とゴッホの代表的な名画を前に心揺さぶられる思いを深くした。

「アルルの跳ね橋」はゴッホが地中海に近い南フランスのアルルに移って、真っ青な空と明るい光に感動し、近くの運河にかかる跳ね橋を描いたもの。小さな馬車が通っている光景や橋のたもとの赤土につながる岸辺で洗濯をする女たちの姿が空と同じように青い運河の水面にゆらゆらと広がる白い波紋の動きとあいまって生き生きと映し出されている。

今年頂いたカレンダーの一つがゴッホの作品を多く所蔵するクレラー・ミュラー美術館の名画六枚を選んだもので、その一枚に「アルルの跳ね橋」が載っており、夏の二か月の間、毎日この絵を眺めて楽しいいっときを過ごした。そのたびに南仏のアビニョンからマルセーユにかけて旅行した若いころを思い出した。アルルは闘牛場などローマ遺跡の残る古い街で、明るい太陽を浴びながら散策したあと、絵のモデルとなった橋も見学に行った。

ただ木造の跳ね橋は再現されていたが、思い描いていた「アルルの跳ね橋」のイメージとはかけ離れた光景に落胆した記憶がある。

改めてゴッホの描いた「アルルの跳ね橋」を観ると、この絵は単なる跳ね橋を描いたものではなく、光り輝くアルルに移住したゴッホの歓喜を表現したもので、絵にはゴッホの魂がこもっていると実感した。

ゴッホはひまわりの画家といわれ、「ひまわり」の絵を多く描いている。ロンドンのナショナル・ギャラリーで最初に観たときの強烈な印象が忘れられず、その後、パリのオルセー美術館、アムステルダムのゴッホ美術館、ニューヨークのメトロポリタン美術館、サンパウロ美術館、そして東京・新宿の東郷美術館といくつかの美術館で対面している。

今年の秋、上野公園の二つの美術館でゴッホの自画像などが観られる「ゴッホとゴーギャン展」と「デトロイト美術館展」があると知ってさっそくでかけた。出会ったひまわりの絵はゴーギャンがゴッホの死後に描いた「肘掛け椅子のひまわり」であった。どうしてもゴッホの「ひまわり」が観たくなり、翌日に新宿の東郷美術館へ行った。この美術館の絵はロンドンのナショナル・ギャラリーの絵と同じ構図とされる。ガラスの囲い越しに「ひまわり」の花びらの筆運びにゴッホの気持ちがうかがえるが、絵はガラスで囲われており少し薄暗い照明のせいか、いまひとつ印象が弱い感じに、ナショナル・ギャラリーの色鮮やかな「ひまわり」の印象を重ねて見入った。

今回の二つの展覧会でいちばん印象に残ったゴッホの絵は、「デトロイト美術館展」で観た黄色い麦わら帽子の「自画像」。ゴッホは四十点近くの自画像を描いたといわれ、「ゴッホとゴーギャン展」ではクレラー・ミュラー美術館の自画像があった。ゴッホの「自画像」の特徴は観る人を見返すようにじっと見つめる眼、何かを訴えているようであり、また何かにおびえ必死に耐えているようでもある。絵の前に立ち目を合わせたとき、その眼の力に圧倒されその場を離れがたい感情に襲われる。必死に生きようとするゴッホの誠実な心が目に凝縮しているからだろうか、と思われる。

薩摩焼十五代　沈壽官展に観る伝統の美

その白は　純白よりすこし　濁っている
だけど　そこに

人肌のような　ぬくもりもある

まっ白ではなく人肌、それもおとなの女性の艶やかな肌を思わせる。温かい黄味をおびた白薩摩の香炉、花瓶、茶碗、置物が広い画廊の壁沿いに程良い間隔を置いて鎮座している。香炉には細かい透かし彫りが施され、花瓶には美しい花や鳥が優しく描かれている。どの作品も長年の伝統に培われた薩摩の風土と歴史を彷彿とさせる。

今年は新年早々に四百年の歴史を紡いできた薩摩焼十五代沈壽官展で品格に富んだ優れた作品を鑑賞する幸運に恵まれた。「世界に類のない白い陶器である薩摩焼の美しさを如何に伝えるか」が今回のテーマ。気品の高い作品が画廊の雰囲気を静めているなか、「美しいもの」に出会う喜びにひたった。

秀吉の朝鮮侵略に出兵した島津藩主・島津義弘は、李朝の陶工八〇人を捕虜にして鹿児島に連れ帰った。その中のひとり沈当吉が苗代川に窯を開いた。以来、代を重ね現在に至るのが薩摩焼で、「玉子のような温かみのある白い肌にきめ細かい貫入の入った白薩摩と力強く侘び寂びを感じさせる黒薩摩」がある。

こうした名品の展覧会の楽しみは、会場で開かれるギャラリートーク。今回は最終日の前日の午後、薩摩焼十五代沈壽官さんは多くの愛好家を前に、沈家の歴史、白薩摩の特徴、長年にわたって積み上げられてきた伝統を語り、次はもっといいものをと、意気込みを語られた。

「伝統とは何か。伝統とは革新の体積、いくつかの地層が重なったようなもの。四百年にわたって先人たちがどんなにしたらよいか考え、いろんなものを積み上げて現在に至る。いちばん上にいるのが十五代、もう一本地層を重ねたい」と語る。肩のあたりに蟬の留まった白薩摩の香炉がある。蟬は一週間しか生きられない。見た一瞬の生きている輝きを残した、という。

縁あって沈壽官十四代の娘さんの結婚式に招かれ、その際、頂いた記念の大皿を大切にしている。裏に十四代壽官造の銘のある直径三〇センチの打込皿。なめらかな紅い飴色をした表面は艶やかで、当てた手の

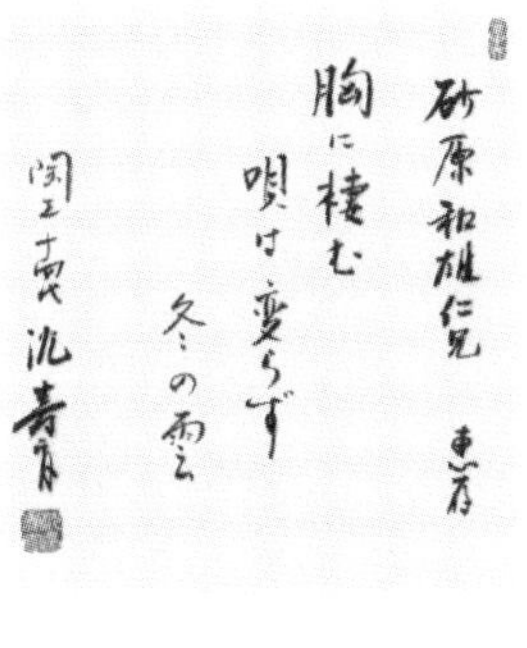

ひらのつるつるした感触は温かく別品である。

十四代は、父（十三代）から「形にこだわるな。焼物が時代を動かしたことはない。世の中の動きに連れて、焼物も動くんだ。ただし品格のないものは作るな。それが伝統だ」と聞いたという。そして、「動く轆轤の中に動かぬ芯がある。それをつかむのが陶工である。くるくる動く世の中に惑わされずに、どっしり腰を据えて己の道を見つめる。それが『品格』を作っていくんだと思います」と語っている。

十五代の展覧会のあと、十四代の大皿の上に手のひらを当て、「己の道」を見つめたのでした。

護国寺の茶室と茶碗

「山門の前五、六間の所には、大きな赤松があって、その幹が斜めに山門の甍を隠して、遠い青空まで伸びている。松の緑と朱塗りの門が互いに照り合って美事に見える。その上松の位地が好い。」

（夏目漱石『夢十夜』）

すっかり晴れ上がった五月末、東京・文京区の護国寺を訪ね、斜めに伸びる大きな赤松を目にしたとき、境内の茶室で催された茶会に招かれ茶碗を手にした五十年前の情況が昨日のことのようによみがえってきた。

高層ビルに囲まれた中にあって、赤松をはじめとする樹木が美しい静寂な境内は往時を偲ばせた。とりわけ手入れの行き届いた庭の中に点在する由緒ある茶室はそれぞれに趣があり、眺めているとそのいわれを語りかけてくる。その一つ圓成庵へ。L字形の腰掛待合でひと息入れ自然石の飛び石を渡り躙《にじ》り口から入る。右正面の下地窓とやや左に奥まった点前座《てまえざ》の窓が白く重なり静謐な明るさを醸し出している。茶室の中は正常な空気に包まれ心地良い。

広さや天井の高さなどは茶室によって異なる。狭く感じるのではと気になっていた二畳の茶室も座るとそうした感覚はない。どの茶室も心改まる。茶碗はこうした場所で手に取り静かに眺めるのがいいと思った。

茶室を訪れたいと久し振りに思い立ち、護国寺の茶室を見学したのは、東京国立博物館の特別展「茶の湯」で油滴天目、大井戸茶碗、青磁碗など多くの茶碗や茶壺、釜、茶杓といった茶道具の名品を鑑賞したことによる。展覧会には床の間にかけられる絵画や書なども多く見られ、茶の湯を通じて日本伝統の美を見つめ直す良い機会となった。ただ、いずれの展示物もガラス越しからの眺めに心残りであった。

護国寺から戻って、さっそく長年にわたって押入れの奥にしまったままになっていた茶碗一つを手に取り、護国寺の茶室の趣と重ね、また二十年ほど前に南禅寺、高台寺、高桐院、慈光院など京都の茶室を見て回ったことを思い出しながら瞑想に耽った。

黒茶碗を両手に包むようにして眺めると、内側から外側から光を放ち透き通って見える。そのうちガラス越しの展示物では伝わらなかった温もりが手のひらに感じられてくる。精魂込めて土をこね、轆轤を回し、高台を削り、釉をかけ、窯に入れ、一三〇〇度近い火度で焼き上げた陶芸家の熱い思いが伝わってくる。

茶の湯の茶碗は、それだけ見てもわからないという。「茶の湯」展で多くの名茶碗と出会い、由緒ある茶室を伺ったのを機に、茶の心、日本の美、伝統文化に接しもっと深く知りたいと思った。

魅了された二つの素描

この秋の美術館で感動したのは、二枚の小さな素描であった。

「この憂いをおびた目は何を語りかけているのだろうか」

「じっと俯いた目はどこを見つめているのだろうか」

二枚の素描を前に立ち止まり自らに問いかけていた。

画家が精魂込めて描いた絵の前に立ったとき、おのずと絵の中に吸い込まれるような気持ちになることがある。とりわけその絵が人物の顔で、描かれた目と目が向き合うような位置に立ったとき、その人物の心の動きが目を通じてじんと胸に迫るような思いに至る。

東京・丸の内の美術館に展示された「レオナルド×ミケランジェロ展」で観たレオナルド・ダ・ヴィンチの「少女の肖像／〈岩窟の聖母〉の天使のための習作」と、ミケランジェロ・ブオナローティの「〈レダと白鳥〉のための頭部習作」の素描に魅了された。

二枚の素描を同じ大きさに拡大したものが別の部屋に展示してあったが、もとの素描がしっかりと描かれているので拡大したものの印象も変わりなかった。

もとの素描は、「少女の肖像」は一八一×一五九ミリ、「レダと白鳥」は五〇〇×六〇五ミリと小さな作品で、黄褐色に地塗りした紙に金属尖筆や赤チョークで描かれたもの。

「少女の肖像」の素描は「岩窟の聖母」の天使のための習作とされるが、ルーブル美術館に展示されている絵画に比べ、その視線は鋭く感じられる。細かく重ねた筆致で描かれた陰影によって、あたかも生きているように見える。とりわけ力強く表現された憂いをおびた目は、見る人に鋭く何かを問いかける。

一方、ミケランジェロの失われた「レダと白鳥」の頭部の習作とされる素描のモデルは男性といわれるが、長いまつげの目のあたりは女性らしさを思わせる。細部にわたって繊細に表現されており、モデルの心の動きが伝わってくるような印象を得る。

ミケランジェロの絵画といえば、バチカン・システィーナ礼拝堂祭壇側壁面を飾る「最後の審判」。その迫力に圧倒された思い出はいまも新鮮だが、彫刻、フィレンツェのアカデミア美術館でダビデ像の前に立ちその均整の取れた姿に魅了されたのも忘れられない。会場には未完作品の彫刻「十字架を持つキリスト」が展示されており、十字架を手にした等身大の裸体立像は未完とはいえ均整の取れた姿でダビデ像を彷彿させる。心の琴線に触れた芸術作品は機会あるごとに繰り返し瞼に浮かぶものだ。

ゴヤの「聖ペトロの悔恨」に深く感動

新年早々、目に焼きついて忘れえぬ名画に出会った。ゴヤの「聖ペトロの悔恨」。東京・丸の内の三菱一号館美術館で昨年末から展示されている「フィリップス・コレクション展」の一枚で、絵の前に立った瞬間、ぐっと心に迫るものを感じ食い入るように見入った。

聖ペトロはイエス・キリストが捕縛された際、キリストと一緒だったと尋問され、「何のことを言っているのか、私にはわからない」「そんな人は知らない」と三度にわたって否認(マタイによる福音書)。この過ちを悔やむ姿は、人間の弱さを示すものとして、レンブラントやエル・グレコなど多くの画家によって描かれてきた。

この場面を描いた絵は各地の美術館や画集で何回となく鑑賞しているが、ゴヤの「聖ペトロの悔恨」を目にするのはこれまでになかった。エル・グレコの絵は見るからに清らかな聖人の印象を与えるのに対し、ゴヤの絵は晩年の作で、重々しく人間の苦悩が伝わる。胸の前でがっちり組んだ手が印象的で、紫の衣をまとい、組んだ両手の下には天国の鍵。精いっぱい開いた大きな目でじっと天上を見つめる姿は真剣そのもの。絵に塗り込められたゴヤの魂がストレートに私の心に迫り、描かれた聖ペトロが実在の人物のように感じられた。

考えも思いもしていなかった言葉を口にしてしまう人間の弱さ。過ちをすぐ認識しながらも、さらに過ちを繰り返す。その弱さを悔い目に涙して、心からお詫びする。その気持ちは祈りであると思う。

書斎を飾る壺

美しい焼物を眺めると心が落ち着くものだ。

書斎の壁を埋める本棚の本と本の間に小ぶりの壺を置いている。ひと息ついたとき眺め、ときにその一つを手に取りさすったりして感触を楽しむ。読書や書きものなどの合間の癒やしの時間だ。すぐれた焼物には作家の心が形や色付けした表面に滲み出ており、見つめる目や手にする感触が伝えてくれる。

飾っている壺は旅先で出会い持ち帰ったものが多い。衝動買いしたときの気持ちが旅の思い出をよみがえらせることもある。写真中央のコルクの栓をしてある壺は、黒いマリアと少年聖歌合唱隊で知られるスペイン・バルセロナの郊外にあるモンセラート修道院を訪ねた折、聖堂前の工房で絵付けをしていた一人の陶芸家に出会い、いかにもスペインらしい明るい色付けが気に入り、持ち帰ったものだ。色違いの線の上に描かれた花がどこにでも咲いている草花で素朴な感じで親しみを覚える。

右側の細長い高麗青磁の壺は、韓国人間国宝の池順鐸《ジスンタク》さんの作。たまたま立ち寄ったソウルの陶器店で本人に出会い、鶴の飛ぶ姿を描いた象嵌唐草が気に入り手に取った。本の間に置くのにちょうどよい大きさで、壺の表面が細かい貫乳で覆われているのもよい。

左側の小ぶりの壺は、和紙染の第一人者で知られる江口勝美さんの作。毎年、日本橋の三越百貨店で開かれる日本伝統工芸展の会場で入賞した「和紙染花文花器」を前に本人から制作の苦心話を聞き、いちど窯元を見学したいと思った。それから二年後、有田へ行く途中に武雄市の窯元を訪ね工房を見学した。その際、『陶道一心』の書を頂き、「記念に手ごろな壺を買います」と申し出ると、「これがよい」と選んでくださったものだ。日本酒を入れるには大きすぎる。どんな花を活けたらよいか、と眺めている。

生きた絵「醍醐」を観に行く

毎朝散策する公園の桜の花芽が日に日に膨らみ色づきだした。もうすぐ咲きそうだとじっと眺めるたびに、今年も上野公園や隅田川沿い、それに千鳥ヶ淵の桜を見に行こうと思う。すると醍醐寺三宝院の入り口にある満開の桜の老木に精魂込めて描いた奥村土牛の「醍醐」が瞼に浮かぶ。

その奥村土牛の生誕一三〇年を記念した展覧会が東京・渋谷の山種美術館で開かれてい

るのを知ってさっそくでかけた。「醍醐」は会場へ入ったすぐの正面に展示してあった。

八十歳を過ぎて、「これから死ぬまで、生きた絵が描きたい」と念願した土牛が吉野の桜を見て回って写生し描いた八十三歳の作品だ。「醍醐」はこれまでに画集やカレンダーなどで何回となく眺めているが、原画、実物を観たことはなかった。「醍醐」の正面間近に立って見つめる。老木の上に覆いかぶさるように咲く薄紅色の満開の桜。老木の周りに撒いたように散った花びら。写真では見られない花の一つひとつが盛り上がっている。その重なり合った花から清らかな香りが伝わり叙情的な雰囲気に浸るのであった。

まさに描かれた桜は生きている。「醍醐」に込められた奥村土牛の精神に触れるひと時であった。

旅情

空青し山青し海青し

平成十年十月一日の朝、私はすっきりした気分で新横浜駅から「ひかり」に乗り継いで新宮に向かった。熊野を過ぎるころから、明るい日差しに木の葉がきらきら光り南国を思わせる家々の白壁が眩しくなってきた。観光地図を広げあたりの風景を眺めているうちに私の旅心は深まり、温泉に入りたい気分になってきた。もともと宿も予約していない気ままな旅であった。思いつくままに旅程を変更して、とりあえず温泉のある紀伊勝浦まで足を伸ばすことにした。

無事に還暦を迎えた私は、その年の九月末に長年勤めた会社を定年退職した。人生の節目となる退職日の翌日には気分転換を兼ねて朝早く一人旅に出ようと一年ほど前から心に決めていた。行き先は紀州・和歌山。それは佐藤春夫の生誕の地を訪ねることだった。

飛驒古川（岐阜県）に生まれた私は、上京してまもなく、ふとしたきっかけで東京都文京区にあった佐藤春夫の家に出向き直接教えを受けた。弟子と呼べるほどのものではなかったが、学生のころ年に三、四回、応接間で親しく話を聞くことは当時の私にとって大きな励みで、その後の生き方を変えた。その家が佐藤春夫の生まれ故郷の和歌山県新宮市に里帰りし文学館（記念館）となっていることを知ったときすぐにも訪ねたいと思ったが、これまで実現できなかった。

紀伊勝浦は小さな町で、ホームは観光地の駅とは思えないほど狭く、普段の日とあって人影もまばらであった。改札口を出て階段を下りると、駅前広場の真ん中にこんもりと茂ったしゅろの木を植えたロータリーがあり、その中に佐藤春夫の「秋刀魚の歌」の歌碑が駅舎に背を向けどっしりと建っていた。歌碑は大きな自然石で傍らに案内板もあるが、振り返る人もなくその場に根づいていた。思わぬ歌碑の出会いにうれしくなった私は、観光案内で知ったサンマの寿司を食べようと町を歩くことにした。

駅前から五分も歩くと港に出た。マグロの水揚げ日本一と観光案内に書いてあったが、夕方の漁港にはその雰囲気はなかった。しかし、静かな漁港の佇まいは佐藤春夫の『望郷の賦』の中に美しく描かれていた町の姿そのものだった。

小さな寿司屋に入ってサンマの寿司を食べた。さっぱりした味でおいしかったが、やはりサンマは佐藤春夫の歌通り塩焼きがいいと思った。

駅に戻り、観光案内所に寄って「静かな宿を紹介してほしい」と言うと、案内のおばさんは、「それなら、バスに乗って十分ばかり行った湯川温泉がよい」と、その場で予約をとってくれた。

湯川温泉は街道筋の鄙びた温泉場で、湯が肌につるつるして心地良かった。湖畔に佐藤春夫の歌碑「なかなかに名告ざるこそ床しけれゆかし潟ともよはゝ呼はまし」が建ち、これまたうれしい発見であった。

翌日は快晴。朝早く新宮に向かい、浮き島の森―神倉神社―全竜寺―本広寺と回って熊野速玉大社に行った。神倉神社では急な石段をやっとの思いで登り展望台から輝く海と新宮市内を見下ろした。その眺めはまさに「空青し山青し海青し」に出会ったようだった。昼に高菜でおにぎりをくるんだ「めはりすし」を食べた。

佐藤春夫の記念館は熊野速玉大社の境内にあり、あたりはひっそりと静まりかえっていた。外観は思っていたより新しく見えたが家の中は当時の面影そのままで、その応接間で私はしばらく一人見慣れた暖炉を前に佐藤春夫が詩を朗読する声（録音）を聞きながら三十五年振りに本人にお目にかかっているような錯覚に陥っていた。記念館には時間の経つのを忘れて二時間近くいた。いつまでいても飽きない気持ちだった。

その後、生誕の地など佐藤春夫ゆかりの場所を訪ね、その夜は観光案内所の紹介で湯の峰温泉に泊まり、翌日は熊野本宮大社にお参りしたあと、バスに揺られながら山道を下り白浜温泉に足を伸ばした。湯の峰温泉では朝食に温泉粥と温泉味噌汁を頂いた。温泉につかりながら眺める白浜の海は南の島の海のように青かった。

どこへ行っても、素朴で、しかも温かい人情、そして心まで温まる温泉が良かった。

「野ゆき山ゆき海辺ゆき」――「少年の日」に戻ったようなすかっとした気分を満喫した旅であった。

塔への道

旅先で高い塔を見かけると、近くに行きたい、時には頂上に登りたい衝動に駆られる。塔には人の心を惹きつけ虜《とりこ》にする大きな力がこもっているように思う。

わが国には、お寺のシンボルとして建つ多くの五重塔がある。昨秋、急に思い立って京都へ一泊二日の旅をしてきた。五重塔が見たくなったのである。

まず、数ある塔の中で最も優雅で、格調が高いという五重塔を見ようと醍醐寺へ行くことにした。

京都駅で地下鉄に乗り換え、最寄りの駅から醍醐寺への緩やかな坂道を上る。しばらく歩くと、こんもりと茂る境内の樹木の上に、五重塔の大きな屋根が見えてくる。先端に伸びる相輪が澄んだ秋の空に輝いている。もうすぐだ、と歩く足にはずみがついた。

山門を潜り五重塔の正面に立ち全体像を眺めた。醍醐寺の五重塔は、磨き上げた宝石のように美しい。均整のとれたゆるぎない姿に身が引き締まる。大きく伸びた屋根を支える角材の組物に宿る深い陰影に心惹かれる。宮大工の精魂がこもっているようだ。

そのあと、現存する塔の中で最も高い東寺の五重塔に向かった。見るからにどっしりとして圧倒される。醍醐寺の塔とは印象が違う。五重塔は祈りの塔という。東寺では毎日、

若い修行僧が五重塔に向かって真言を唱えると聞いた。塔に込められた祈りが伝わる。

翌日、街なかの石畳の狭い坂道を上って八坂の五重塔に行った。古い木造家屋の屋根の上に見え隠れする塔の姿は、街の風景に収まり、朝な夕な多くの人に親しまれ街なかの人の心に溶け込んでいる感じであった。

日本の各地に建つ五重塔は、どの塔も見る人に何かを語りかけている。静かに見つめているとほっとさせる。いちど見た五重塔は、いつまでも忘れられず、それぞれ思い出の塔として心に残る。

私の郷里に近い飛驒・高山の国分寺には、樹齢千二百年の銀杏の巨木と対峙するように三重塔が建つ。帰郷したときはいつも傍らに立ち見上げる。懐かしいふるさとの塔である。

塔は日本だけでなく、多くの国で見られる。国によって形や高さはさまざまだが、祈りの場にあり、多くの人に崇められている塔はどの国の塔も美しく気高い。

思い出の塔は、旅のハイライトのようだ。

中国・西安の郊外に静かに建つ大雁塔は、落ち着いた感じで旅の疲れを癒やしてくれた。七階建てで上ることもできる。教典が収められていたというが、中には何もなかった。

夕暮れに着いたライン川沿いのホテルの窓から対岸に聳えるケルンの大聖堂を眺めたと

き、その荘厳な姿に思わず息を呑んだ。空高く聳える二つの尖塔。翌日、南塔の螺旋階段五〇九段を上り、鐘の音を背にケルンの市街とケルン川を望んだ。

鐘楼として建てられた塔もある。ブルージュのマルクト広場に建つ鐘楼は、三六六段の石の螺旋階段を上る。やっとの思いで頂上にたどり着いたとき、待っていたように鐘が鳴った。その澄んだ大きな響きは今も耳に残っている。

塔で忘れられないのは、バンコクの暁の寺である。暁の寺は下流の船着場からチャオプラヤ川を水上バスで行く。近づくにつれ大きく見えてくる塔は、高さ百メートルの大仏塔。陶器の破片で装飾されており、太陽の光を浴びて明るく浮かび上がる。夕日を背にした姿も美しい。

京都の旅の帰途、いつものように目を閉じ瞼に浮かぶ塔の面影に思いを馳せた。私の心をとらえた塔について考えるのである。塔の魅力は、天に向かってまっすぐに建つ美しさと塔に込められた祈りのように思う。美しさは長い歴史の中で育まれ磨き抜かれた技の結実した姿であり、祈りは塔の前に立って手を合わせた多くの人たちの心と感じた。

五重塔は、塔の中心を貫く心柱に支えられており、どんな大きな地震にも倒れないという。私は、そのゆるぎない塔の姿に自分の人生を重ねてみる。いつまでも凛としてまっすぐに生きたいと願うのである。

これからも多くの塔を訪ねたいと思う。私にとって、塔への道は、人生について考える道である。

リスボンの坂道

都市の名前を聞いただけで、いちどは行ってみたいと思う国がある。教会の鐘楼の見える小高い丘の斜面に連なる赤い屋根の家並みが午後の日差しを照り返し、ふもとの川に影を映している。いつか絵か写真で見た光景がよみがえる。

そんな都市の一つが、七つの丘に囲まれた坂の街、ポルトガルのリスボンであった。

九月の初め、リスボンはまだ乾季で、爽やかな風が吹いていた。空は澄んで抜けるように青い。キラキラ輝いて日差しが目に痛い。広場に面した古いヨーロッパ風のホテルの窓から、赤い屋根の向こうに城壁の跡が望まれる。思い描いた街が目の前に開けていた。

旧市街地の中心は、銅像を囲む建物はじめ、通りに面した建物は明るい日差しの下でくすんで見える。多くの建物は風化したままで、修復や改築の跡は見られない。華やかで活気のあるパリとも、建物が見る人の目に迫ってくるスペインのマドリードとも違う。心に訴えるものが感じられない。どこか寂しさの漂う街並みであった。

眩しい午後、一人坂道を上りながら考えた。この街の人たちは毎日、何を考えて生活しているのだろうかと。どこを歩いても硬い石畳ばかりで、足が痛くなったからである。

そんな街の大通りを古びた小型の路面電車がゆっくりと動く。カーブを曲がるたびにキーキー軋み、ガタゴトと音をたてる。街も路面電車も数十年まったく変わっていないようだ。

もっとも市民の多くは郊外に建つ高層マンションに住み、旧市街地のオフィスに通ってくる。旧市街地に暮らすのはお年寄りか観光客だけなのかもしれない。

石畳の歩道は変化に富んでいる。どこもデコボコ波を打って歪み、すっかり摩耗した表面はつるつるしているのに、細かく砕いた大理石の角は刃物のように切り立っており、硬さがもろに靴底を刺激する。しかも、坂道だから歩きにくい。

大通りから石造りの狭い建物の間を真横に通じる急な路地を、小型のケーブルカーが動く。ケーブルカーの横腹は赤や黄色のペンキが塗られ、モダンな踊り子が描かれたりしているが、屋根は錆び、車内は古びた板張りである。十人も乗るといっぱいの感じで、運転手は車掌兼務で動き出す前に切符を売る。

ケーブルカーの脇を老女が杖を頼りに、ゆっくりと歩いて上る。建物の窓に洗濯物が吊るしてあり、生活の匂いがした。

そして、ケーブルカーで登った所は、緑の樹木が茂る丘の公園で、小鳥のさえずりも聞こえ、ほっとした。ベンチでキスをする男女の姿も見られる市民の憩いの場である。

公園からは旧市街地が一望できる。赤い屋根の家並みが見下ろされ、その向こうの丘に城壁の跡が、その右手にテージョ川に架かる「四月二十五日橋」が浮かぶ。

公園の西側の石畳を少し下った路地は、レストランやバルの多く集まる下町で、夜はファドの流れる人気のスポットである。

夜が更けるにつれて人通りは増え、どの店もお客でいっぱい。あふれた人は路地の傾いたテーブルでワインを飲みながら、席の空くのを待つ。開いたままの店のドアからファドの歌声が路地に漏れてくる。

ファドは、ポルトガル語で「運命」の意。愛と別れ、嫉妬、裏切りといった人間の感情のあらゆる起伏を哀しい調べで歌う。もともとリスボンの民衆の満たされない生活や切なさを歌ったものというが、その歌声は人の心を惹きつける。

店を覗くと、ふくよかな年配の女性歌手が大きく開いた胸元に両手を重ね、人生の哀しみ苦しみを一身に背負ったかのような深刻な表情で声をふりしぼって歌う。歌っている歌の意味はわからないのに、その切ない思いは充分に伝わる。歌手の後ろで演奏される十二本の弦のあるハート型のポルトガルギターの音色も、どこか甘く切なく心に響く。

リスボンの市民は、我慢強い民族だという。迷路のように入り組んだ狭い石畳の路地には、人生がいっぱい詰まっていた。ファドの歌声にじっと耳を傾けていると、リスボンの市民の魂の叫びが伝わってくるような気がしてきた。帰りにアマリヤ・ロドリゲスのＣＤを買った。

コルドバ「花の小道」

スペイン・ギターの澄んだ音色を聴いていると、スペイン各地の光景が目に浮かぶ。抜けるような青い空、眩しい壁の街角、日向《ひなた》と日陰にはっきり分かれた闘牛場、踊り子が激しく床を踏み鳴らすフラメンコの舞台、そして花の小道、小高い丘の上から見下ろしたトレドの教会、アルハンブラの夜景……。どの眺めも色鮮やかでくっきりしている。

初めて闘牛を見たとき、これがスペインだ、と思った。派手に着飾ったマタドール（闘牛士）にとどめを刺され、どっと大地に崩れる大きな牛。満員の闘牛場にみなぎるどよめき、沸き起こる拍手の嵐。やがて、拍手は大きな溜め息の渦に変わり、うそのような静寂があたりを覆う。

その夜、マドリードのタブラオ（フラメンコ酒場）でフラメンコを観ながら、もっとスペインを知りたいと思った。そして、スペインの虜になった。

秋口、コルドバの花の小道を歩いた。わずか百メートル足らずのひっそりとした石畳の路地。その両側に連なる二階建ての白壁の家々のテラスや小さな窓際に置かれた鉢に赤い花が咲き乱れていた。ゆるい曲がり角で振り返ると、路地の向こうにメスキータ（回教寺院）の塔が顔を覗かせている。塔の先端に大きな鐘が見え、今にも鐘の音が聞こえてくるようだ。

その昔、イスラム・スペインの首都であったコルドバ。メスキータに隣接するユダヤ人街の花の小道を行くと、こぢんまりしたパテオ（中庭）に出会う。花と緑の鉢で飾られた美しい空間。すっと心が癒やされ、そのうち何かわくわくすることが今にも起りそうな予感のする魅力的な一画だ。

世界遺産の多いスペインには、大きな教会や宮殿の片隅に住む人の息遣いが感じられるこんな小路や小さな中庭がある。

イスラム文化の華といわれるアルハンブラ宮殿は、グラナダの自然を活かした広大な敷地に繊細な模様を刻んだ建築の軒が並ぶ。石のベンチに腰かけ、柱や壁、天井まで埋め尽くす緻密なアラベスク模様を見つめていると、時の過ぎるのを忘れてしまう。

夜、多くのジプシーが住むアルバイシン地区の高台にある展望台からアルハンブラの夜景を見た。あたりは森閑としている。どこからかギターの名曲「アルハンブラの思い出」が聞こえてくるようだった。

その夜、近くの岩をくりぬいたタブラオでジプシーの踊るフラメンコを観た。若い踊り子のあとに老婆がぎらぎらした目を凝らし、かすれた声を振り絞るようにして踊った。激しく手足を動かすうちに皺を隠していた厚化粧が剝げて、哀しみに包まれた顔が厳しい表情に変わった。

ジプシーの住まいが連なる斜面の一画は、険しい石畳の路地が多く、急いで歩くと転げ落ちそうだった。どの路地からもライトアップされたアルハンブラ宮殿が美しく浮かび上がって見え、耳を澄ますと遠くからかき鳴らすフラメンコ・ギターの音が響いてきた。

踊りはあまりうまくないのに、ジプシーの踊るフラメンコはなぜか心に残った。あまりに寂しく見えたからかもしれない。

スペインにはピカソ、ゴヤ、ベラスケス、ダリら個性的な天才画家がいる。ピカソが生まれて百三十年余、代表作のゲルニカがニューヨークから戻って三十年余。マドリードのプラド美術館はじめ、生誕の地・マラガやバルセロナなどピカソの絵はスペイン国内の美術館で数多く観られる。ピカソの描いた絵は三万点に上るといわれるが、どの絵も生き生きとして、見る人の目を逸らせない。

ピカソは九十歳過ぎても、女性を愛し、絵を描き続けた。その情熱はどのように培われたのだろうか。子どものころから天才ぶりを発揮したというだけでは納得しかねる。育った環境もさることながら、スペインという風土が深くかかわっていたに違いないだろう。

スペイン・ギターの名曲に耳を傾けながら、もういちど、花の小路を歩きたい、またピカソの情熱にあやかりたいと思う。憧憬ではない。その思いは新鮮で切実である。

江戸城の石垣

「江戸城の石垣を観に行こう」と、友人に誘われた。

江戸城といえば、皇居。その石垣は、内堀通りを歩きながらお堀越しによく眺めている。しかし、江戸城の石垣という感覚で観たことはない。どうするか、少し迷っていると、

「数年前に修復された中之門の石垣は見ごたえがある。その工事をした専門家が案内してくれる。明日の午後一時ごろ、大手門の袂で待っている」と言う。

大手門といえば、江戸城の正門で本丸大手門と呼ばれた。俄然、江戸城への興味が湧いて観に行くことにした。

小春日和の昼下がり。東京駅の正面から、黄色に染まった行幸通りの銀杏並木に沿って、丸の内のビジネス街を抜け、内堀通りを歩いて大手門に向かう。内堀には、白鳥と一緒に渡り鳥の鴨が泳いでいる。

大手高麗門の下で、友人が右手を上げて振っている。隣に中之門の修復工事を担当したという大手ゼネコンの土木技師、Yさんがいた。Yさんは多くのダム工事に携わる一方で、若いころから城の石垣に興味をもち、国内のおもな城の石垣の調査を独自に行ったほか、ペルーのマチュピチュ遺跡の石垣も調べてきた石垣の専門家だという。もちろん、江戸城にも詳しい。

大手門から入る一画は、皇居の東側に位置する二一ヘクタールの庭園で、江戸時代は本丸、二の丸、三の丸など江戸幕府の中枢部があった所である。昭和四十三年十月から皇居東御苑として一般公開されている。

江戸城の大手門は、「一の門の高麗門と二の門の櫓門を枡形にした石垣と組み合わせて造った枡形門で、城門としてはもっとも完備した城らしい門だ」という。櫓門とは、石垣から石垣へと渡櫓を渡して、その下を門としたものだ。

見るからに堂々とした渡櫓も立派だが、なぜか周囲の石垣に心を惹かれる。見るからに重々しく往時を彷彿させ、江戸城への入場と、一瞬、身の引き締まる思いになった。石垣の前で釘付けになり、じっと見つめていると、「石垣には、石積み職人の魂がこもっているのです」と、Yさんがまじめな顔で言った。

渡櫓門を通って、左に行くと同心番所のある大手三の門跡が見える。周囲には手入れされた樹木が植えられており、金木犀の香りが漂う。その先を左に曲がると百人番所。その正面の大きな石垣が、Yさんが中心になって調査から五年がかりで修復した本丸中之門である。

中之門の石垣の石は、左右に分かれた高さ五メートル、幅二五メートルの石垣。長方形の形をした重さ三六トンの江戸城の中でも巨大な石がいくつも組み込まれている。一七〇四年にいちど修復されたが、その後の長い年月の間に地震などの影響で変形したり、ゆるんだりして危険な状態になっていたという。

Yさんたちは、工事を始める前に、高精度の三次元シミュレーション技術を駆使し、最先端の石垣安定解析技術を軸に、古くから伝わる石積み職人の匠の技を融合した「石垣修復支援システム」を開発した。これによって、難しい設計がスムーズにでき、作業も効率的にできたという。

さて、修復された中之門の石垣は、積まれた石の多くが巨大なだけに、迫力も大手門の石垣をはるかに超える。

この巨大な中之門の右手に、大小の形の違うさまざまの石をはめ込むように大胆に積んだ古びた石垣がある。この石垣は、石積み工法の一つで、「乱積み」という。Yさんによると、乱積みの石垣は、職人の手作りだが、大きな切石を水平に積んだ布積みより、地震などの揺れにも強く長持ちする。

石垣は、見る人の心にさまざまなことを語りかけてくる。形の整った巨石を積んだ中之門の石垣は鉄筋コンクリート造りの超高層ビルで、大小の形の違った石を巧みに積んだ石垣は伝統のある老舗の木造店舗のように見えてきた。美しく、心を揺さぶられた。

中之門を抜けると、大番所。その前の緩やかな坂道を上り、先の中雀門を過ぎると目の前に広場が開ける。本丸の跡で向こう正面に天守台が望める。

天守台前を右に折れて、汐見坂を下る。二の丸庭園の松並木越しに丸の内の超高層ビル街が一望できる。その昔、汐見坂から海を眺めることができたという。

大手門を出ると、内堀にユリカモメが舞っていた。

みちのくの旅——平泉で賢治に出会う

そのうち訪ねたいと思っていた世界遺産で知られる平泉へ行ってきた。

小雨のぱらつくあいにくの天気の日であったが、参道に萩の咲く毛越寺の浄土庭園を一周して、中尊寺を訪ねた。金色堂へ通ずる月見坂は、樹齢三百年という杉木立の間にあり、思いのほか急な坂であった。

途中で立ち止まり、曇り空を見上げてひと息ついたとき、前日に一泊した大沢温泉の部屋の床の間に、高村光太郎が揮毫した宮澤賢治の記念碑（「雨ニモマケズ」）の拓本の軸が掛けてあったのを思い浮かべた。

大沢温泉は清流沿いの古き時代の懐かしい風情が残る温泉で、賢治は子どものころ信仰心の厚かった父に連れられ、この温泉で開かれた仏教の講習会に幾度となく訪れたという。また、高村光太郎は昭和二十年の空襲で東京のアトリエが焼失したあと、賢治の父の世話で花巻に疎開し、大沢温泉に投宿した。

「雨ニモマケズ」の詩は、昭和六年、賢治が三十五歳のとき手帳に書いたもので、病床における自戒を込めた願望、また祈りといわれる。手帳は三十七歳で亡くなったあとに発見された。

記念碑には、詩の後半「野原ノ松ノ林ノ蔭ノ」以下、最後の「サウイフモノニ　ワタシハナリタイ」の結びまで刻まれている。

小学生のころに教わった賢治の詩を温泉宿で読むことになったのは偶然であったが、不思議と心に残った。若くして病に冒され、「サウイフモノニ　ワタシハナリタイ」と手元の手帳に記した賢治の心情を思った。そして、中尊寺の月見坂を上りながら、改めて賢治の生き様に思いを馳せた。

賢治は十九歳のときに初めて法華経を読んで、それ以降熱烈な法華経の行者になったといわれる。仏教徒でない私は法華経について知らないが、詩を書いた賢治の気持ちはわかるような気がするのだった。賢治は子どものころ修学旅行で中尊寺へ来たことがある。

月見坂を上りつめた所に藤原清衡が極楽浄土を願い建てた金色堂がある。天治元（一一二四）年の造立、数多くの国宝、重要文化財があるなかで、現存する唯一の創建遺構である。本尊の阿弥陀如来はじめ、取り巻く六体の地蔵菩薩など、堂全体が金箔で覆われ、内陣の螺鈿細工、蒔絵とも金色に輝いている。

金色の仏像の下に初代清衡らの遺体が安置されていると聞いても、金色堂全体が厚手のガラスで覆われ、外部と遮断されていることもあって、どうも実感が湧かない。

人間は誰もが死を迎える。そのときをどう迎えたらいいのか。どのような備えをしておくべきなのか。今どうするのがいいのか。金色堂の正面に立って、人間の終わり方についてあれこれ思い巡らしたが、納得のできるような気持ちにならない。そのうち、「雨ニモマケズ」の詩が浮かんだ。

そして、何はともあれ、いちどは訪れたいと心にしていた平泉へ来られたのは幸せだと思った。

金色堂からほど近い所に白山神社があり、その境内に立派な能楽堂が建てられている。格調高い造りで、しばらく能舞台を前に立ち見入った。この能舞台で春に能「秀衡」が演じられる。また夏には薪能が観られる。次は薪能を観に来ようと思う。すると周囲を取り巻く樹木を揺るがし、笛、鼓の音が轟いてきた。

象と馬車と、そして人力車

生きることは一筋がよし寒椿　平之助

年の瀬を控え、朝夕寒さが厳しくなるころ思い出す句である。何事も一筋に思い続けることが生きるうえで大切だと思う。

いつの日にか――と思っていた夢が実現する。たまたまその機会に出会ったときの喜びは一入だ。

小学生のころ、動物園で初めて象を見て乗りたいと思った。何年か後、象に人が乗った映像をテレビで見て、象の多く棲む東南アジアの国へ行けば、乗れるのだと知った。それから何年経っただろうか。タイのアユタヤで、一人公園を散策していたとき、飾り付けた象が人を乗せて歩くのに出会った。その瞬間、子どものころの夢が昨日のことのようによみがえった。

観光客用の象で、すぐに乗れた。公園の周りをゆっくり歩く。大人の背丈より象の上からの眺めは、視界が開けて遠くまで望まれる。象に乗りたいと夢見た子どものころが懐かしく思い出されうれしくなった。ついつい気持ちが昂ぶり、往き交う人に片手を上げ笑顔をふりまいていた。

若いころ、新聞社のニューヨーク特派員をしていた友人のO君から結婚を知らせる一枚の写真が届いた。モーニング姿のO君が花束を手にした花嫁衣裳の新婦と腕を組んで馬車を前に立っている。教会で結婚式を挙げ、近くのセントラルパークを馬車で新婚旅行をしたとある。休暇が取れなかったのだろう。それにしても、馬車でセントラルパークを新婚旅行とは洒落ている。気分が良かっただろうと祝福の手紙を出した。

セントラルパークに隣接してメトロポリタン美術館がある。ニューヨークへ行ったときは都合をつけていちどは立ち寄る場所だ。その日は宿泊したホテルが公園に近くだったので、午前の早い時間にぶらぶら歩いて行った。ちょうど紅葉の季節、銀杏並木が美しい公園沿いの大通りに客待ちの馬車の列ができていた。

公園の入り口近くで、O君が送ってきた新婚旅行の写真を思い出した。「O君が新婚旅

行をしたのは、この馬車だ」と、列の先頭の馬車を見上げたとき、

「旦那――」

御者の大きなかけ声が飛んできた。そのかけ声に背中を押され、馬車に飛び乗っていた。公園に入って、馬車が走りだすと風が起こり、黄色の枯葉が膝の上に舞い降りてくる。パカパカ、パカパカ……軽快な蹄の音とともにお尻にあたる振動が心地良い。紅葉した樹木の向こうに高層ビルが見え隠れする。馬車で走っていると、マンハッタンとはかけ離れた街にいるような気分になる。雲一つなく晴れ上がった青い空を見上げながら、数年前にこの世を去ったO君を偲んだ。

観光客で賑わう浅草へ行くたびに人力車に乗って雷門の前を走ったら気分がいいだろう。また、吾妻橋の上から隅田川の向こうにスカイツリーを望みたいと思った。人力車の座席は、象の背の上よりも、また馬車よりも低いが、走る人力車に乗って眺める視線は、歩きながら見るより優れているような気がしたからである。

初秋の午後、小学校三年生の孫に誘われ浅草見物にでかけた。銀座線・浅草駅の雷門前出口の階段を上がった所で、結婚式を終えたばかりとおぼしき新郎新婦の乗った人力車が目の前を雷門方向に走った。肩を寄せ合いこぼれるような笑顔が美しい新郎新婦。すぐセ

ントラルパークの馬車で新婚旅行するO君夫婦の姿を連想した。

「おい、人力車に乗ってみよう」

「本当、乗ってみたい」

うれしそうに目を丸くしてうなずく孫と一緒に近くに待機していた人力車に乗った。

「まず、吾妻橋の上に行って、それから雷門の前を走ってくれ」

「わかりました」

予想したとおり吾妻橋を走る人力車の上から望むスカイツリーは、一味違った。多くの見物客の頭越しに見る雷門もいい。若いお兄さんの曳く人力車は、上下に優しく揺すられる感じで、乗り心地は馬車とも、象の背の上とも違い、まったく別物であった。

象と、馬車と、そして人力車。いつの日か——と心に期すことは、まだまだある。人生には予期せぬことが起こり成就するものだ。

魂を揺さぶる「トレド風景」

かつて訪れた美術館や絵画展で、とても印象に残った絵は、春先に東京都美術館のエル・グレコ回顧展で出会った肖像画「白貂の毛皮をまとう貴婦人」である。画集では伝わらない美しい容姿、とりわけ黒い大きな瞳に内面から滲み出る心情が私の目を画面に引きつけた。また、その心の動きは毛皮に当てた白い左手の指からもうかがえる。

「ふと彼の目の前へ人間の足の形が浮かんできた。……それは白い素足で美しかった。……それはエル・グレコの絵によくあるような形をした……」

佐藤春夫は、小説『田園の憂鬱』で、夢の中で見たきれいな足について、「エル・グレコの絵によくあるような形」と表現している。

この魅惑と情熱をたたえた貴婦人の肖像画は、今なお、私の心の内にとどまり、瞼に浮かぶ。そのうち夢の中に現れるのではないかと思われる。

見る人の心に訴え、生き生きした感動を与える絵は、画家が命の限りを注ぎ込んで描いたものである。とりわけ肖像画は、画家の魂が絵に描かれるなかで醸成し、見る人へそっと語りかけてくる。

エル・グレコはギリシャのクレタ島出身で、一五七六年、三十七歳のときマドリードを経てトレドに移り住んだ画家である。

グレコの絵は、大原美術館に展示されている「受胎告知」をはじめ宗教画が圧倒的に多い。そこに描かれた人物は異様に引き伸ばされ、上昇する炎のようにゆらめいているのが特徴だ。それは単に宗教的、神秘的といった言葉では理解できない世界で、キリスト教に触れた人でないと、グレコの宗教画の神髄は伝わらないような気がする。

グレコの風景画「トレド風景」もそうだ。ニューヨークのメトロポリタン美術館でこの絵に出会ったとき、私はその場にしばらく釘付けになったものである。単にトレドの風景を描いたものではなく、グレコが心に感じたトレドを絵にしたものと感じたからである。

その風景画は、小高い岩山の上に立つトレドの街を描いたもので、上空にたちこめる暗雲の合間から明るい光が差し込み、緑の大地を照らす。空も大地も揺れ動いている。じっと見つめていると不安になり、夢にまで出てくるような感じであった。

トレドは、スペインの首都マドリードの約七十キロ南、車で一時間ほど、三方をタホ川の流れに囲まれた小高い丘の街だ。

私は大原美術館でグレコの「受胎告知」を初めて見たとき、雷に打たれたような衝撃を受け、トレドへ行きたいと思った。

最初に訪れたのは、バルセロナで開かれた国際会議に行く途中で、マドリードに立ち寄った際、車で駆けつけた。高台に建つパラドールのテラスからタホ川の向こうにトレドの全景を眺めたあと、街に入り、ざっと見るだけに終わった。半日間の限られた時間であったが、テラスからトレドの風景を眺めたときのときめきが忘れられず、いつの日かまた、と心に誓った。

それから数年後、休暇を取って、一人トレドに行き、思い出のパラドールに泊まった。ゆっくりと石畳の街を散策した。グレコの宗教画を多く展示したカテドラルでは半日過ごした。強く印象に残ったのは、宿泊したパラドール二階の部屋から見下ろした明るい光を強烈に反射する早朝のトレドの街。また、街全体がライトアップされ、さながら「トレド風景」のように不穏な思いに駆られた夜のトレドの眺めだ。

三回目は、トレドの中心街にあるホテルに宿泊して、丸一日かけて石造りの古い街を歩き回った。気のせいか、どこへ行ってもグレコがつきまとっている感じであった。

それにしても、なぜこれほどまでにグレコに惹かれるのかよくわからないでいた。その疑問を、肖像画「白貂の毛皮をまとう貴婦人」が明かしてくれたように思う。

二〇一四年には、トレドをはじめスペイン各地で没後四百年を記念したグレコ・フェスティバルが開催されたという。目を閉じると、トレドの街並みと数々の絵画が瞼に浮かぶ。

旅情にひたる追憶の川下り

浅草界隈を一人ぶらついたあと吾妻橋のたもとから水上バスに乗り、隅田川を下って日の出桟橋に出て帰途に就くことがある。

隅田川を水上バスで下るのは地下鉄を利用するのに比べかなりの遠回りになるが、川の流れのままに水辺の風物を眺めるのもときにいいものである。

川面にカモメの舞う薄霞む春の日の午後、デッキの椅子にゆったりかけて吾妻橋、駒形橋、厩橋、蔵前橋――、すくっとそびえるスカイツリーを背景に、隅田川に架かる美しい橋の次々と遠ざかるのを眺めていると、若いころの船旅の思い出が昨日の出来事のように鮮やかによみがえる。

目の前に広がる隅田川の眺めがいつか追憶のかなたへ隠れてしまい、そのうち新たな旅への思いをいざなう。
所々にぽつりと真っ赤な花の咲く斜面に連なる葡萄畑の先に古城がそびえるライン川――。

とりわけロマンティック・ラインと呼ばれるマインツからコブレンツにかけての九〇キロ余り。抜けるような青空のもと、さっぱりした口当たりのかすかに甘味のあるライン・ワインを賞味しながらの船旅は、瞼に焼きついている。

数年後の秋に同じコースを下った。その日はあいにくの冷たい雨の日で、甲板でくつろぐというわけにはいかなかったが、「なじかは知らねど、心わびて……」のハイネの詩で知られるローレライの岩山にさしかかったとき、風雨に霞む険しい岩山を見上げ、この場所は雨の日がふさわしいと思った。

どこか郷愁にかられるライン川下りとは対極をなすのが朝から摂氏四〇度を超す赤道直下のアマゾン川クルージングである。

アマゾン川の中流に開けた都市・マナウスの近くで、コーヒー色のネグロ川と濁った白い流れのソリモンエス川との合流点を見たあと、対岸に渡って真昼なお暗い感じのジャングルの中を散策するワイルドなクルージングだ。

早朝に水着姿の軽装でホテルに近い桟橋で乗船し、夕方に帰港する。港へ近づき、市の中心に建つオペラハウスの丸いドーム屋根が夕日を浴びて黄金色に輝くのが見えたときのほっとした気持ちが忘れられない。

著しく変貌する上海の新旧の都市の狭間を蛇行する黄浦江のクルージングは、和平飯店など上海の歴史を物語るバンドに屹立する古い建築群と、対岸の浦東地区に林立する超高層ビルとを同時に眺められる。甲板に立ったとき、その凄まじい相違に目を奪われて懐旧の情に浸る余裕を失っていた。

両岸に広がるのんびりした自然の眺めに長旅の疲れも癒やされて、つい甲板で居眠りするのはタイの旧都・アユタヤからバンコクの市街地に至るチャオプラヤ川の船旅である。どこまでも緩やかな流れのなかで、右手に暁の寺の塔が見えてくるあたりから近代的なホテルやビルが目立ってくる。そして、観光船の脇を学生やお坊さんの姿も見える小型の水上バスが忙しげに往き交うようになったら終点の船着き場だ。

旅先で、ふと街角に立って通りを眺め、気の向くままにあちこち散策するのもよいが、都市を流れる川の船の旅には、街歩きでは味わえない旅情がある。

青梅の梅の香り、道灌濠の枝垂れ桜

春先に咲きだした花に出会うと幸せな気持ちになる。とりわけ梅の花の香る公園や満開の桜並木の散策は生きている喜びを実感する楽しみがある。

早朝にメジロやシジュウカラが訪れ花芯を啄《つい》ばんでいた庭先の紅梅が散りかけたころ、「青梅の梅が今満開だ。今年見逃すと十年間は見られないぞ」と、毎年この時期に誘ってくれる梅の公園近くに住む友人からの知らせで、三月下旬にでかけた。

多摩川の上流、吉野川沿いの東青梅駅から歩いて十分余り、前方の小高い山の斜面がぽっ、ぽっと盛り上がるように白く紅く色づいている。紅白の梅の花で覆われた花園が目の前に広がっていた。

公園に一歩足を入れると、あたり一帯は梅の香りが漂う別世界であった。清浄な梅の香りが天からすっと舞い降りてくる感じに思わず大きく息を吸い込むと、身体中がすっきりし爽やかな気分になった。

なんでも数年前、公園の梅の木の多くが病気に冒されていることがわかった。今年の梅祭りが終わるとすぐに公園内に植わった一二〇〇本の梅の木すべてを伐採してしまうと聞いた。ただちに再生に取り組むが花が見られるまでに育つには十年はかかるとか。

小高い山を覆う青梅の梅園には、水戸の偕楽園や湯島天神などの梅の名所には見られない香りがあったように思う。

梅の香りを惜しんでいると、二、三日後に東京の桜が例年より数日早く開花し、もう見ごろだという。さっそく週末に千鳥ヶ淵の桜を見に行った。九段下から半蔵門までゆっくり歩く。満開になったばかりの桜は色鮮やかであった。

千鳥ヶ淵の桜並木は皇居のお濠の水面に覆いかぶさるように垂れ下がっているのが見どころである。桜はまた散り際の風情がいいものだが、千鳥ヶ淵の散る桜はお濠の水面に美しい花筏となって目を楽しませてくれる。

今年は皇居・乾通りの桜が一般公開されたので、公開二日目に行ってきた。

坂下門から乾門まで七五〇メートル、蓮池濠に沿った砂利道の両側に手入れの行き届いた松の木と桜の木が間をおいて交互に植わっている。江戸城の名残をとどめる石垣を背景に松の緑と桜の花が折り重なるように見られる。

乾通りの桜の見どころは、都心で唯一武蔵野の面影を残す場所、また皇居の中でいちばん美しい所といわれる道灌濠の枝垂れ桜だ。お濠の左手に今が盛りと咲き誇る枝垂れ桜は見るからに優雅で素晴らしい。桜の後ろは、吹上げ御苑のある森である。静かで野鳥の楽園という。

現役を退いたあとの数年、桜の季節になると何かにとりつかれたように京都へ赴き、平安神宮の枝垂れ桜を愛《め》で、夜は円山公園の枝垂れ桜、次いで祇園の艶やかな桜を楽しんだ。いつも南禅寺の山門近くに宿泊し、翌朝は哲学の道を銀閣寺までゆっくり歩いたものだ。途中、法然院に立ち寄り、隣接した墓地にある谷崎純一郎の墓に詣でたのが懐かしい。谷崎の墓の後ろに平安神宮と同じ枝垂れ桜が咲いていた。

桜の思い出は尽きない。目を閉じると、あちこちの桜の名所が瞼に浮かぶ。そして、西行の歌が思い浮かぶ。

春風の花を散らすと見る夢はさめても胸のさわぐなりけり

思い出を彩る観覧車

夜遅く着いたマリーナ・ベイを見下ろすホテルの二〇階。部屋の窓から青い光を放ちながらゆっくり回転する観覧車が目線上に浮かんでいた。その向こう、細長い三つのビルの頂上に巨大なサメが首をそらして平たく寝そべった感じのマリーナ・ベイ・サンズがすっと建っている。

さっそく翌朝、南国の太陽に熱く照らされた巨大なサメの背中に上りシンガポールの市街地を俯瞰し、多くの船舶が木の葉のように浮かぶ港を一望した。

シンガポールへ立ち寄ったのは、今回が三回目。一回目はブルネイへ行く途中で三十年前、二回目はジャカルタからの帰りでいずれも一泊しただけであった。ずっと昔のことで、当時は超高層ビルも高速道路もなかった。

夜に観覧車に乗る。高く低く林立するビル群が光り輝いてマリーナ・ベイを取り囲んでいる。そして観覧車が頂上に達したとき、湾内は一瞬光の海と化した。

きらびやかな夜景は、一瞬にして南国の太陽に照らされながら散策した昼の時間を忘れさせるほど強烈であったが、心を揺さぶられないのはなぜだろう。

シンガポールへの観光客が目立つようになったのはここ数年のこと。空港やマリーナ・ベイの整備が進んでからだという。どこへ行っても真新しい感じで、旅情を醸し出すのはこれからなのかもしれない。

旅情といえば、白亜のラッフルズホテルのティールームで中庭を眺めながらのコーヒータイムと、二階のロングバーでシンガポール・スリングを飲んだひと時だ。ここでのクラッシングな雰囲気は格別であった。

その夜、ホテルの窓から青い光を放つ観覧車を眺めながら、あれやこれや思い巡らしているうちに、数年前にウィーンへ旅したとき乗ったプラーターの大観覧車が懐かしく思い出された。

名画「第三の男」で有名になった大観覧車。古い木製でガタガタ、ギイギイと軋みながら回転する。夕闇迫るウィーンの市街地の向こうに聖シュテファン教会の尖塔が黒く見えた。美術館で見とれた名画の数々、音楽ホールいっぱいに響き渡ったオーケストラの響き、少年合唱団の澄んだ歌声、そして大観覧車の眺めと、ウィーンの旅は陰影に満ち、今なお色濃く心に残っている。

観覧車といえば、横浜・みなとみらいの観覧車は山下公園が間近に見下ろされ楽しい。

その情景は、以前雑誌に連載した小説「魂の時」（後に『魂の刻』として刊行）から引用しよう。

二年ぶりに一緒に暮らすことになった山下公園を見下ろす高層マンションのベランダに出ると、右手にライトアップされたベイブリッジを走る車のライトが光る。左手に灯りのついたみなとみらいの超高層ビル群が眺められた。その前に観覧車が花火のように光り輝いている。

「ねえ、いまからあの観覧車に乗ってみない。いい記念になるわ」

麗子が後ろから大輔の肩に腕をかけて言った。

大輔が振り向くと、麗子は観覧車の映った目を閉じ、すっと両手を大輔の首に回し強くひきつける。閉じた目から大粒の涙がこぼれ大輔の頰を濡らした。久しぶりの接吻だった。

……

「ふんわり浮かぶのね。こんな感じ、初めてだわ。きれいな眺め――。京都から横浜に来てこの観覧車を初めて目にしたとき、すぐにも乗りたいと思ったの。空気が澄んでいるのね。赤レンガ倉庫、大桟橋、氷川丸、そしてベイブリッジ、あっ、私たちのマンションが見える」

麗子は、子どものようにはしゃいでいる。大輔はふと、ニューヨークで結婚式を挙げ、暮らし始めたころセントラルパークを麗子と二人で馬車に乗って走ったのを思い出した。麗子の顔をじっと見つめる。満面に清純な笑みをたたえた表情は当時と少しも変わっていない。見るほどにその顔は能面の節木増《ふしきぞう》に重なる。知的で優雅な大輔の節木増。

観覧車に乗って眺める夜の横浜は静かで陰影が濃く、高くなるにつれ視界は広がり街の灯りが遠のいた。

……

観覧車は、すうっと滑るように地上に降りた。麗子は外に出ると大輔に腕を絡ませたまま軽くステップを踏んだ。

「からだが軽くなったような感じがするわ。うれしい――。あなたとこうしているなんて、まるで夢のようだわ。もう、絶対に離れないからね」

潮風が頬に冷たいのに、少しも寒くなかった。横浜港につながる運河沿いの遊歩道を歩いて帰ることにした。振り向くと、瞬く照明に赤く染まった観覧車が目の前でゆっくり回転している。足元の運河の水面に観覧車がそっくり映っている。大輔はその上にこの二年余りに遭遇したさまざまな出来事を重ねて見ていた。

プリザベーション・ホールのジャズと上海・老年爵士楽団

ジャズ楽し秋の横浜天高し

横浜は今も昔もジャズの街だ。

ジャズを楽しめるクラブやバーは横浜市内のあちこちの盛り場にある。ジャズは会場いっぱいに響きわたるステージの演奏もいいが、街頭や通りで聴くのも楽しい。

爽やかな秋風が吹き抜ける横浜・元町の商店街にデキシーランド・ジャズの音色が響きわたった。ひときわ明るい色のジャケットを着た七人のバンドマンが大きく身体を左右に揺すりながらドラム音に合わせ、トランペット、クラリネット、トロンボーンと、精一杯吹き鳴らしながら歩く。歩道いっぱいの観光客や買い物客が一斉に拍手、拍手。これにバンドマンがトランペットやトロンボーンを振り上げ笑顔で応える。

横浜・馬車道の画廊へ能面展を観に行った帰り、野毛のジャズ喫茶「ちぐさ」に立ち寄った。赤茶けた木製のドアを開けると、トランペットの響きが出迎える。昼過ぎオープンして間もないせいかお客は一人だけで、壁際の二台の大型スピーカーを前に後ろの椅子

にかけると、白髪のマネジャーがそっと近づき、

「リクエストは……」

「ニューオリンズ・ジャズを――」

「曲は……トランペット、それともピアノ……」

古びたレコードがびっしり並ぶ壁際のカウンターでプレーヤーが回り懐かしいメロディが流れる。ゆっくりと耳を傾けているうちにトランペットの高い響きが心に沁みる。

そして、目を閉じるとミシシッピー川沿いに開けた街、ニューオリンズのプリザベーション・ホールでジャズライブを楽しんだ夜が懐かしく思い出される。黒人バンドのジャズ演奏を初めて目の当たりにしたニューオリ

ンズの夜が瞼に浮かぶ。

何年か前、ワシントンへ出張する途中、時差調整のためとニューオリンズで二泊した。その際、旧市街地のフレンチ・クオーターを歩き、夕方、プリザベーション・ホールへ立ち寄り、それ以来ジャズが好きになった。

プリザベーション・ホールは、バーやナイトクラブ、レストランが軒を連ねる通りの古びた木造の小さなライブハウスで、二〇人も入ると椅子席は埋まり、多くの人は椅子の前や通路の床に座ったり、後ろの壁際に立っている。時間になると、脇のドアから五人のバンドマンが現れ、激しいドラムの音を合図に一斉に演奏を始める。

老いた黒人のバンドマンが前かがみに力いっぱい叩くドラムの響きが満ちるホール。背の高いバンドマンがピカピカのトランペットを両手に大きく胸を反らして吹くサックス……。バンドの前の床に膝を抱えて座った若い男女がリズムに乗って首を振り振りスイングしている。それぞれ個性的なバンドマンの演奏に合わせ観客も思い思いに聴き入っている。そのハーモニーがホール一帯に心地良い気分を盛り上げてくれる。

翌日、ミシシッピー川を蒸気船に乗って下った。甲板に出て古びた木のベンチにかけ草木がなびく風景を眺めていると、どこからかジャズのメロディが伝わってくるような気がしたものである。

普段、書斎の机に向かうときは、クラシックのＣＤを流すことが多い。ときにライブ盤ＣＤでニューオリンズ・ジャズを聴く。また、上海・和平飯店の一階のジャズバーで録音された「老年爵士楽団」の演奏を聴くこともある。

ジャズには、聴く人の心を和ませると同時に、若き日の思い出を紡ぎ出させる何かがあるようだ。

「老年爵士楽団」の演奏は、以前雑誌に連載した小説「上海霧の摩天楼」の取材で上海を訪れたときはいつも立ち寄り楽しんだものである。写真のＣＤのジャケットは数年前、ホテルのリニューアルで解散が伝えられたときオムロンが製作、無料で配布したもの。その後、楽団は新しいホテルで復活した。

「老年爵士楽団」の演奏情景を、その小説から引用

しよう……。

☆　☆　☆

和平飯店の一階奥のバーは老年爵士の並ぶ正面の舞台だけが明るい。原はこのバーが気に入り、仕事の帰りにぶらっと寄っていた。舞台前のテーブル席は観光客で占められることが多く、原はいつもカウンター席にかけた。何回か通ううちに楽士は顔を覚え、入って行くとすぐに日本の古い唱歌を演奏してくれた。

ピアノのメロディーが流れると次いでドラムの音が響き、周辺の騒めきはかき消されて聞こえなくなる。そんな中で王の声だけはよく伝わった。

「バンドの前を通るとき、楽士の一人があなたに挨拶していたわ。気がついた――」

「久しぶりなのに覚えていてくれたらしい。彼は昔からサックスを吹いている。休憩時にここで一杯飲んだことがある。日本語がうまくて中国人という感じはしない。心が通じるんだね」

「私とも、心が通じる」

「久しぶりという感じはしないね」

グラスを手にしたまま原はあらためて王の顔をまじまじと見た。長い睫毛の奥で黒い瞳が輝き唇が濡れている。ぽっちゃりした手は白く透き通っており以前と少しも変わっていない。それは王の生活にこの四年余り大きな変化のなかったことをわからせるものだった。

「わたくし、ずっと待っていた」

ぽつんと言って、王は顔を上げる。真剣な表情で原を見つめた。

「四年の間、何の便りもなかったわ。急に上海に行くのを。奥さん何か言った……」

突然、ドラムが激しく鳴った。トランペットが高らかに響き、王の口にした言葉を打ち消してしまった。

王は大きく言葉を飲み込むように顎を引き、上目で原の返事を促す。曲が終わるのを待って原は言った。

「昔の女に逢いに来てほしいといわれたの、と聞いたよ。どうもこのところ妻の勘が鋭くなったようだ。馬鹿なことを言うな、と怒鳴ろうと思ったが、半分当たっているような気がした――」

「わたくし、いつも来てほしいと思っていたわ」

「前、上海にいたときは一度も家に帰らなかったので、上海に好きな女の人ができたと疑っていたようだ。あれから四年もたつうちに忘れてしまったと思っていたのにそうでなかった。女って怖いね」

月の夜に旅の思い出繙く夏

「『夜に入りて、物の映えなし』といふ人、いと口をし。萬のものの綺羅・飾り・色ふしも、夜のみこそめでたけれ。」（徒然草）

「夏は夜。月のころはさらなり。」（枕草子）

夏の夜、月明かりを頼りに公園沿いの道を一人散策するのは、若いころの思い出も浮かんで実におかしいものである。涼やかな風が流れ、うす雲が月のおもてをなでてすっと消えると月の光に包まれたような気分にひたるものだ。そんなとき、「ああ、きれいだな」と感嘆の声を上げた旅の夜の光景が瞼に浮かぶ。

一日がかりでアルハンブラ宮殿を巡った夜、アルバイシンの丘から淡い月明かりのもとアルハンブラ宮殿が赤く浮かんで見えた。白い洞窟でジプシーの踊るフラメンコを堪能してホテルへ帰る途中、ギターの響きが耳に残っていた。赤い宮殿に見とれ、「あの宮殿には、色白の美女たちが暮らしていたに違いない」と思ったのが懐かしい。

こんな月明かりの夜はすぐには眠りにつけず、書斎にこもりスペイン・ギターの名曲を聴く。「アルハンブラの思い出」、「月の光」、「スペイン舞曲」……。澄んだギターの音色に旅心をかき立てられる。

旅の途中、遭遇した夜景の思い出は数多い。そのうち、印象の深いもの二つを挙げると、一つは、バンコクを流れるチャオプラヤ川沿いから眺めた対岸の静かな夜景——。

☆　☆　☆

「暁の寺を訪れると、山村は時間の経つのを忘れ、ついつい夕暮れを迎えることが多かった。塔の表面は太陽が見えなくなるまで明るく輝き熱かった。太陽が沈むと、塔は火照った熱を冷やし静かになった。そして塔の先に青い光がともった。すでに無数に散りばめられていた色とりどりの陶器の小片は輝きを失い、すべてくすんだ灰色となって眠った。その移りゆく姿を見定めてから船に乗る。すると、カーンカーンと澄んだ鐘の音が夜の川の上に伝わる。鐘の音を聞くと山村は、タイに住んでいることを実感するのだった」

（時事通信「金融財政」に連載した小説『ゴールデンシャワー』の抜粋、山村は主人公の名）

二つめは、朝のうちから四〇度を超す赤道直下の夏、アマゾン川の中流に開けた都市・マナウス。コーヒー色の水が流れるネグロ川と黄色く濁ったソリモンエス川の合流点近くに建つトロピカルホテルの白砂のビーチで感激した夜景——。

☆　☆　☆

「静かな岸辺に立つと、そこだけが明るかった。暗いジャングル、そして黒いネグロ川。満天に光の帯が広がっていた。宝石のくずをばら撒いたような銀河であった。これまでに、こんな美しい星空を見たことがあっただろうか。

『ワンダフル』

『ミラクル』

ホテルのバーで再会したベネズエラの女性が言った。アマゾンのクルーズで一日一緒に過ごしたアッシャであった。

『ザッツ・ファスト・タイム・イン・マイ・ライフ』（こんなきれいな星空を見るの生まれて初めてよ）

『オー』

私は思わず握ったアッシャの手に力を入れていた。光の帯は限りなく深く、じっと見上げていると、どこからか、オーケストラの響きがとどろいてくるようであった。顔を下げて、私はアッシャの目を見た。彼女の目はキラッと輝いていた。

『アッシャ』

彼女の名を呼んだ。アッシャはだまってうなずくと、そっと顔を近づけ、まつ毛の長い目を閉じた。船の甲板でジャングルを背にシャワーを浴びていた美しいアッシャの姿が浮かんだ。私はその肩に回した手に力を入れていた。

満天の星の下で――。」

(『アマゾン川のほとりで』と題し、一九八五年二月、産経新聞夕刊に写真付きの短いコラムを八回連載した。この小文はアマゾン川の夜空に感動、『満天の星』の見出しで、連載の最後、九回目に載せる予定であったが、公器の新聞にふさわしくないと没になった)

旅の思い出・シンガポール

米朝会談の舞台となったシンガポール。その街の光景がたびたびテレビに映るにつけ、マリーナ・ベイ・サンズや植物園など観光名所を妻と一緒に散策したのを昨日のことのように思い出した。天国に召された妻との最後の海外旅行ということもあるが、散策中に「記念にぜひ」と妻が買った天然ゴムの枕のせいかもしれない。

ラッフルズ・ホテルの喫茶室でバイオリンの演奏を聴きながらお茶を楽しみ、ロングバーでピーナツをかじりながらシンガポール・スイングを飲んだ。また夜にはチリクラブを食べた。

シンガポールは美しく整備された近代的な街だが、これといった歴史的な建造物は少ない。交通の便が良く、妻との旅行の前に二回立ち寄っている。最初は新聞記者時代、ブルネイの沖合の海で採掘されているＬＮＧの現場を視察に行く途中で、二泊し市内の各地を見学した。当時は高層ビルも少なく植物園の花も少なかった。

二回目は、海外協力視察団の一員としてインドネシアのジョグジャカルタを中心に一週間余り回った帰りにシンガポールに立ち寄り、シャングリラホテルに一泊した。着いた夜は会社の現地駐在員と一緒にホテルの中華料理店・香宮でパーティー。料理の最初にテーブルの中央に置かれた大きな魚の塩釜焼を槌で割る役を仰せつかり、コツンと一発。記念に金属製のミニチュアの槌を頂いた。

妻の残した天然ゴムの枕は弾力性が良く優れている。持ち帰ったシンガポール・スイングはとうになく、小粒でおいしかったロングバーのピーナツは空の袋が残っている。

芸術の都・ウィーンの旅の思い出

元日の夜、ウィーン・フィルのニューイヤーコンサートをテレビ中継で聴きながらウィーン学友協会の黄金に輝く大ホールの中央の席で多くの観客と一緒に「美しく青きドナウ」などの名曲に感動した若いころを懐かしく思い出した。また、日曜日の早朝にウィーン歴史地区にある王宮礼拝堂へ行き、礼拝の場で聴いた少年合唱団の澄んだ歌声はいまだに耳に残っている感じだ。

二〇一九年はグスタフ・クリムトの没後百年で、クリムトの二つの絵画展が相次いで観られた。クリムトといえばベルヴェデーレ宮殿の国立オーストリア美術館で鑑賞した「接吻」を思い出す。金箔の輝く絵の前に立ったときの感動は新鮮で、売店で「接吻」をプリントしたイタリア製のネクタイを手にして帰ったが、使用する機会はない。

また、ウィーン大使の招きで北の郊外にある「ホイリゲ」の居酒屋でしぼりたてのワインの新酒を飲みながら大使館員と楽しいひと時を過ごした。その際、手にしたワイングラスを記念に持ち帰った。

ウィーンには二回旅行している。いちどは妻と一緒に少人数のツアーに参加、シュテファン大寺院やシェーンブルン宮殿のほか、ウィーンの森を散策したり、映画「第三の男」で有名になった木製の観覧車に乗ったりと楽しい思い出である。

万里の長城、そして兵馬俑

私にとって中国の旅といえば「万里の長城」と「兵馬俑《へいばよう》」である。その場に立ったときの感動はいまだに新鮮で、中国の話を耳にするたびに思い出す。

中国へは何回かでかけているが、その多くは仕事がらみで心ゆくまで満喫した旅は万里の長城と兵馬俑であった。

初めて中国の北京に着いた日の翌朝、宿泊した北京飯店七階の広い部屋の窓を開けると目の前に紫禁城の全景が見渡せ、その向こうに市街地が広がっていた。当時は高層ビルも建っておらず、その光景は梅原龍三郎の「北京秋天」の絵そっくりの眺めであった。さっそく紫禁城の見学にでかけたが、「紫禁城もいいですが、中国へ来られたら、まず万里の長城へ登りましょう」と次の日、「八達嶺」へ案内された。

「不到長城非好漢」（長城に到らざれば好漢に非ず）という毛沢東の詩の一節は聞いていたが、長城の上に立ったとき改めて中国の歴史に触れる思いであった。まず、その巨大な造りに感動した。延々と連なる山々の頂上に伸びる延長二七〇〇メートルの万里の長城は想像以上であった。北京の北西の八達嶺付近では、高さ九メートル、幅

は上部が四・五メートル、基部が九メートル、上に凸字形の女牆《じょしょう》を築き、銃眼を設け、約一〇〇メートルおきに墩台《とんだい》が造られている。

よくもまあ、延々と連なる険しい山の頂上に大きな石や大量の煉瓦を運び築いたものだと、その労力、またそれを指揮した巨大な権力に思いを馳せた。それは、頂上に立って初めて実感するものであった。

それから数年後に西安を旅する機会があり、秦始皇兵馬俑博物館を訪れた。さっそく秦始皇帝陵に埋められていた八〇〇〇体の兵馬俑を目の当たりにしたときであった。これまた、まあよくもこんなに数多くの兵馬俑を作り、整然と埋葬したものだと目を瞠った。俑とは陶器で人や鳥獣などを作成し、あの世でも困らないようにと死者と一緒に墓に入れた

ものだ。なんでも兵士の一人ひとりが陶工の前に立ち、陶工は一人ひとりの顔を見ながら作ったものという。身長は平均一七五センチ、よく見ると何千もの俑の顔つきは一体一体異なっている。どの俑も東を向いて姿勢を正しじっと前方を見つめている。その姿、顔つきは凛々しく生きているようだ。

そもそもこれらの夥しい俑は地下に埋められており、発見されたのは一九七四年三月、井戸を掘っていた近くに住む楊志発さんによって発見された。何でも鍬で土を掘り返していたところ陶器の破片が出てきたという。これが中国初の統一国家初代皇帝である始皇帝の墓に埋められていた副葬品・兵馬俑が二千年振りに目覚めたのであった。

秦始皇帝陵を訪れたとき、発見した楊志発さんが博物館のロビーでカタログのサイン会を開いていた。楊志発さんは六年間軍隊に従事していたといわれ、凛々しい顔つきで農夫には見えなかった。

このときの旅は元気なころの妻と一緒で、中国・西安の光景が以前に訪れたフランスやスペイン、ポルトガル、イタリア、スイスなど欧州各地とあまりにも異なっているのに驚いていた。

ウィーン新春コンサート

今年も一日、ウィーン・フィルハーモニーのニューイヤーコンサートのテレビ中継を聴きながら楽しい時間を過ごした。ウィーン・フィルのコンサートは毎年一月一日に開かれ、世界の多くの国に放送される。コンサートが開かれる楽友協会の黄金の大ホールへは最初にウィーンを訪問した際、コンサートに招待され、その豪華な大ホールに響きわたる豊かな音色に感動した。その際の演奏を思い出しながら聴く音楽の都ウィーンを象徴するシュトラウスのワルツやポルカは何度聴いても楽しい。コンサートの合間にウィーンの街が紹介される。二回目の訪問は妻と一緒で、シュテファン教会や美しい宮殿、公園を散策した。

また、五日には赤煉瓦の建物で知られる東京・丸の内の三菱一号館美術館のイスラエル博物館の印象派展へ行った。展示されているのはルノワール、セザンヌ、ゴッホ、ピサロなど馴染みの画家の絵が多く充実したいっときを過ごした。ゴッホの「プロバンスの収穫期」の前では、若いころ旅行で立ち寄った南フランスの明るく光り輝く風景を思い出した。ゴッホは一八八六年にパリに来て、当時全盛をきわめていた明るい色彩に強い影響を受け、明るい色だけを使うようになったといわれる。展示されている絵は一八八八年の作。ゴッホは二年後のこの年に南仏・アルルへ行き多くの絵を描いた。ゴッホの絵は、アムステルダムのゴッホ美術館で多くのひまわりの絵を見たのが懐かしい。

聴き慣れた名曲はいつもうきうき夢を膨らませてくれる。また明るく光り輝くアルルの光景を描いたゴッホの絵はプロバンスの旅を思い出させてくれ、今年は音楽会や美術館へでかけたいとの思いを強くした。

上海を歩く

暑い夏の盛りの上海を歩いてきた。三日間、一日平均一万三千歩。海外へ行って、毎日こんなに歩いたのは、上海が初めてである。古い街が残っており、それが短期間に根こそぎ壊されたり、超近代的な建物に生まれ変わったり、また緑豊かな公園になったりと、上海の街を歩くと新しい発見があちこちにある。

それに、どこへ行っても人が多い。それも日本人と変わらない人ばかりで、気軽に話しかけてくる。また食べ物が美味しい。疲れたら、足裏マッサージもある。ともかく、上海は好奇心旺盛な私の心を揺さぶる魅力的な都市である。

上海を歩くのは今回が三回目。初めての道もあり、二回、三回と歩いた道もある。地図で確認して、今日はこの通りを歩こうと決めてでかけるが、途中で変更もする。古い建物の前で立ち止まったり、写真を撮ったり、骨董屋に寄ったりするからである。歩いたおもな地区を挙げてみよう。

まず昼夜を問わず、いつ歩いても楽しくなるのが、旧租界時代の高層建築物が並ぶ外灘（バンド）地区から〝上海の浅草〟といわれる豫園と周辺の昔ながらの裏通り。バンド地区の建物はヨーロッパを彷彿させ、遊歩道を歩きながら振り返ると、黄浦江を隔てて浦東地区の超高層ビル群が間近に見える。夜はほとんどの建物がライトアップされ、幻想的な世界を演出する。

早朝は大極拳や凧《たこ》揚げを楽しむ老人が集まっている。豫園周辺の裏通りは、いつ壊れるかと思われるような古い木造の家の一軒一軒に庶民の生活の息遣いがうかがえ、郷愁に駆られる。

郷愁といえば、かつて多くの日本人が住み、日本租界とも呼ばれた虹口地区も心惹かれる。四川北路に沿って塀に囲まれた煉瓦造りの高級住宅もあるが、狭い路地に建つ木造の三階建て長屋住宅を眺めると、どうしても立ち止まってしまう。この地区は魯迅公園を中心に整備が進んでおり、古い住宅はそのうちなくなりそうだ。

上海へは最近、日本企業の進出が目立って増えている。その企業の社員の多くが今住んでいるのは、日本領事館や日本人学校のある虹橋開発区。上海で、いち早く開発が進んだビジネスセンターで、主として外国人が住むマンションがある。団地の中をバスやタクシーの通り抜ける広い道もあり、子ども連れの日本人主婦を見かけるのも珍しくない。日本食堂や居酒屋、日本食品専門のスーパーもある。働く日本人やその家族にとっては便利な所かもしれないが、通りを歩いていると虹口の旧日本人街が懐かしくなる。

人出が多いのは、何といっても上海一の繁華街・南京路であろう。この通りは二十数年前、当時の建設大臣や道路公団総裁と中国の道路事情を視察したときに訪れ、通りが人間で埋まっているのに圧倒されたことがある。人間の数は今も多いものの、歩く人たちの服装は様変わりしている。今、この通りの一部は「南京路歩行街」つまり歩行者天国となっているが、所々に樹木を植えた大きな鉢が並べられたりして、両側の商店と一体感のある楽しい通りとなっている。昼も夜も歩く人の顔は明るく希望に満ちているように見える。

東京の原宿・青山通りに似た旧フランス租界地の淮海路は、世界のブランドを売る専門店が軒を連ね、洒落たレストランもある。通りも大きく育ったプラタナスの並木に覆われ、家の壁に草花が飾られるなど、同じ上海でも差別化されている。歩く女性のスタイルが、ほかの通りとは違うように感じられる。

「ここはアジアの未来都市だ」と現地の人が自慢するのは、超高層ビルがどんどん建っている浦東新区である。以前、吉野照蔵・清水建設会長（当時）を団長に大手ゼネコン幹部が視察したときは、一帯が畑で、一部のビル工事が始まったばかりだった。私も同行したが、まさかこんなに発展するとは信じられなかった。

中心の道路は片側四車線の「世紀大路」。黄浦江の下を通るトンネルが車の増大に追いつかず、朝夕のラッシュ時は車がストップ状態になる。新しいトンネル工事も始まっている。新しく三年前に開港した上海浦東国際空港からの道路は、ほぼ一直線で、車で都心まで五十分。道路と平行して走るリニアモーターカーは時速三五〇～五〇〇キロの猛スピードで、同じ区間を五分で結ぶ予定。駅舎もでき、近く試運転が始まる。

上海に限らないが、道路は都市の動脈である。どれだけ速く快適に流れるかで、都市の発展は決まる。上海駅前のホテルの窓から朝夕のラッシュ時の大通りを眺めた。片側四車線の車道に五〇cc以下の原付を含む自転車専用道と歩道が車、自転車、歩行者の列で埋まり、洪水のように流れる。上海の発展のエネルギーを目の当たりにする思いであった。

旅情　旅愁

日航機の羽田沖墜落事故（一九八二年）を機に、やはり飛行機はこわい、ちょっとした旅行は列車に限ると改めて思うようになった。

昨年夏、初めて札幌に行った。夏の盛りで街にはリラの花が咲き乱れ、甘い香りを放っていた。ゴルフ場の脇には鈴蘭がかわいい白いつぼみを青い葉の中にしのばせていた。また、白樺の樹の葉も見上げる目にやさしく、緑は透き通るようであった。こんな美しい札幌の風景に触れながら、あまり遠くへ来たという気のしないのを少し不思議に思った。しばらくして、それは羽田からわずか一時間半、飛行機の旅だったからではないか、という気持ちを強くした。これが上野駅からの列車の旅で、まだ見たこともない青函連絡船を使った旅だったら、札幌はもっと遠く、リラの花の甘い香りも鈴蘭のつぼみも別の印象を与えたのでないだろうかと思った。

飛行機の旅はまさに飛ぶ旅である。出発地の空港を飛び立てば、雲の上、目的地の空港に着くまでの途中の風景は見えない。晴れた日などときに雲の切れ間にはるか海岸線や稜線を眺められることもあるが、そこがどこかといった特別の関心でもない限り、これといった旅情も湧かないものだ。いわんや、飛行機の中で酒を飲んだり、映画などを見ていたのでは、目的地に着く間の旅情など何もないものだ。

エマニエル夫人のような妙齢の婦人でも隣り合わせ、座席が狭いことにかこつけて腰のあたりをすり寄せてくるようならまた話は別だ。まあ、そんな楽しみはめったになく、仮にあっても、それは旅情というものとは程遠い。飛行機の旅には旅情がない、というのが私の結論で、それはまた、目的地の旅情にも微妙な影響を与えるのではないか、と思うのである。

先達の旅行記などを読むと、新しい土地に最初に到着したときの感情の動きがいささかオーバーに表現されているように思われることがしばしばある。

飛行機の便がなかったころ、日本から欧州に最初に上陸したのはフランスのマルセーユの港だったと聞く。一か月以上もの船旅となれば、船上での旅情もあろうが、やっとのことで上陸したマルセーユの街は、その間の思い焦がれた気持ちと重なって、見るもの聞くものすべてがその人の心を大きく揺さぶるであろうことは想像にかたくない。

ところが、今飛行機の旅となればパリ経由で十九時間余り。長い飛行機の旅が退屈で、ああ、疲れたという思いが強く、マルセーユの空港に着いたときは、ほっとするのが関の山の人が多いだろう。「ああ、マルセーユの港だ」と、降下する飛行機の窓から感動の声を上げる人があったら、その人は年輩者で、若いころ長い船旅の末、マルセーユの港へ着いた思い出をオーバーラップさせているのではないだろうか。

先年、昼過ぎの便でロンドンからパリに飛んだとき、日本人の団体客と乗り合わせた。ヒースロー空港を飛び立って一時間余り。そろそろ着陸かと思っていると、窓際に座っていた中年の婦人が大声を上げた。

「さあ、憧れのパリよ。土産物をいっぱい買わなきゃ」

この声を合図に機内がひと時騒めいた。が、それは同じ憧れのパリを思う心といっても旅情とは程遠いもののようであった。

飛行家リンドバーグは、苦闘の末やっとのことで大西洋単独横断。

「あれが、パリの灯だ」

と感嘆の声を上げる。パリの灯を思うリンドバーグの気持ちがいかに強いか観客はよくわかるだけに、この映画のシーンは感動的である。危なかしい小さな単葉プロペラ機の冒険飛行とジャンボジェット機時代の違いといえようか。

それにしても、便利になったものである。あまり便利になりすぎて、日本から年間で何十万人も訪れるという団体客の多くは、日本のデパートで買うより少しは安いパリの土産品を買っても、パリでの旅情を味わう余裕もなく帰って来るのではないだろうか。欧州の主要都市を旅行し日本人の団体客に出くわすたびにそんな思いにかられてしようがない。

よく外国旅行するなら、鉄道に乗ってみることだと聞く。鉄道の旅を楽しむことによって、飛行機では味わえないその国の旅情をもつことができるからであろう。

昨年秋、スペインのバルセロナから南仏のアビニョンまで六時間近い特急列車の旅を楽しんだ。特急列車といっても、それほどスピード感もなく、それはゆったりした旅であった。バルセロナの市街地を抜けると列車は地中海沿いの平原を海岸すれすれに走る。黄色いスペイン瓦の屋根の並ぶ南国風の家並み、牛のたわむれるのどかな田園風景。そして、時々見え隠れする紺碧の海。列車は人影のまばらな駅に音もなく停車したかと思うと、気づかないうちに動き出していた。

国境の駅では、荷車の取り替えで五分ばかり停車した。発車すると国境警察か税関員かわからないがパスポートのチェックに来た。日本の列車の検札といった感じで、空港税関のようないかめしさはない。「ようこそフランスの国へ」、といった歓迎の気持ちがパスポートを返そうとする仕草に感じられた。目で笑っているようで、こちらの気分も明るくなった。

特急列車の食堂は予約制で、あらかじめ時間とメニューを注文しておくと、時間にボーイが呼びに来る。明るい日差しがそそぐ食堂車。ワインを二、三杯味わうころに食事が運ばれる。料理の脇に添えられたオリーブの実がおいしかった。

知らない都市、それも外国の列車に乗っていれば、ここがどこか、という気持ちが常に働く。うっかり乗り過ごしてしまっては大変だ、という気持ちもあって、時々地図を開いてみては、今自分がどのあたりにいるのかを確認する。それがまた楽しいものだ。

数年前の夏、ロンドンからスコットランド国境に近い都市まで特急列車に乗った。このときは、朝早い出発で、約束の時間に○○駅に出迎えるという英文のテレックスに急き立てられた緊張の旅であった。それでも長時間の列車旅行で、車窓の眺めを楽しむ余裕はあった。ロンドンの市街地を離れると、列車は緑豊かな田園地帯を走った。牛や羊が草を食《は》む牧場地帯も見られ、国中が公園ではないかと思うほど英国は美しいとの印象をもったものだ。これも飛行機では味わえないものだろう。

同じ列車の旅でも、旅慣れないせいもあっていやな思い出もある。

それは夜行寝台の旅であった。数年前、パリからアビニョンまで夜行寝台で行った。日程の都合がつかず、已むを得ず、夜の十時過ぎリヨン駅を発ち、翌午前七時にアビニョンに到着することになっていた。急行の一等寝台だから心配ないとのことであったが、寝台はコンパラティブになっており、狭い部屋には二段ベッドが向かいあう形で四つあった。つまり四人部屋ということで、連れの学生（雇われ通訳氏）は、「それでは失礼」と早々に二階のベッドに上がって寝てしまった。

私は、初めての寝台車にまごつき翌日の予定表を見たりしながら、さてどうしたらよいものか、と一階のベッドに腰を下ろしていた。としばらくしたとき、ドンとドアを押し開けて、列車の天井に頭が届くほどの大男が、腰をかがめて中に入ってきた。その瞬間、私はこの男はプロレスラーかと思った。彼も東洋人の先客にちょっと驚いたのかキップをポケットから引き出して部屋を確認していた。さて、私は声をかけるにも言葉も出ず、いちど目を合わせると目礼して、洋服のままベッドに横になったものである。

見ないふりをして彼の様子をうかがうと、彼も少しとまどったようであったが、意を決したように、洋服を乱暴に脱ぐとベッドの脇にひっかけ、私の隣のベッドに横になった。そのとき、ギシィっとベッドが音をたて、その振動は隣の私のベッドにも伝わった。

フランスの国鉄はひどすぎると思った。同じ部屋に入れるのなら若い女性でもあてがえばいいではないか、と勝手なことを考えたものだ。どうしても、起き上がる気持ちにもなれず、そのまま朝までうつらうつら過ごしてしまった。翌朝、通訳氏にフランスの国鉄の悪口を言うと、「こんなもんですよ」とひと言。問題にするのがおかしいといった口ぶりだった。私はそれ以来、どんなことがあっても外国の寝台列車には乗るものでないと思っている。ただ、私は、日本の夜行寝台にも乗ったことがないので比較できない。

毎年、春になると、横浜港や神戸港に豪華客船が着いたと話題になる。これだけジェット機時代になっても、毎年決まって豪華客船が日本を訪れるのは、それだけお客があるからで、また、そのことがテレビや新聞のニュースとなるのも多くの日本人が豪華客船の旅に憧れと夢を抱き続けているからだろう。

船旅は最も贅沢な旅とされる。金と時間さえあれば、船旅に限るという。船旅にはそれなりの旅情も旅愁もあるのである。金も時間もないとあって、豪華客船の楽しみを語ることができないのは残念だ。負け惜しみかもしれないが、私は海を眺めるのは好きだが、船に乗るのはあまり望まない。理由は簡単で、私は泳げないからで、広い海で船が転覆したら困ると思うからだ。

そんな私も二回だけ船旅を楽しんでいる。この船旅の思い出は尽きない。できたらもういちど味わいたいものだと思っているほどだ。

それは、ライン下りである。マインツからコブレンツまで四時間の船旅。小高い山上にそびえる古城の姿、ロマンチックでカラフルな岸辺の家並み、丘の上まで連なった葡萄畑。パノラマのように広がった展望は曲がった川の流れに沿ってゆるやかに回転する。

「あれがシェーンブルク城だ」

という声に前方を見れば、その城はみるみるうちに近づき、目の前に迫ったかと思うと、自ら遠のくように去っていく。眺望を楽しんでいる分には船に乗っているという感じがしないものだ。船はほとんど揺れない。ライン川の流れを流れのままに下っていくからだろうか。

ライン下りはなんといっても夏が良い。葡萄畑の緑と赤や黄の草花がライン川の両岸あたりに彩りを添えるからだ。また、世界各国から集まる観光客も夏はいちだんとカラフルだ。甲板はショートパンツの若い女性も混じって花園のようになる。その中にいることがまた旅の楽しみを増してくれるものだ。

二回目のライン下りは昨年の秋。それも十月末の晩秋の旅であった。あいにくの雨模様で、山上の古城も霞んで見えることがたびたびであった。甲板は肌寒く、人出も少なかった。しかし、ラインワインでほてる頬を冷やしながら見る霧に霞んだライン渓谷の眺めはまた格別で、夏の晴れた日とは別の味わいがあった。ローレライの岩を見上げながら船上に流れるメロディを聴いたときには、この曲は晩秋の、それも雨の日のほうが人の心により訴えるのではないかと思った。旅愁とはこんなときにいうのだろう、と思えた。

旅愁といえば、滞在したホテルを引き払って、一人慌ただしく空港に向かうとき、あるいは飛行機が飛び発った瞬間にひしひしと心に感ずることがある。もう十年前になるが九月末にニューヨークから一人ロンドンに飛んだ。夜の十時、ケネディ空港は人の混雑のわりに静かで、日本人の姿は見えなかった。そのせいか淋しさばかりがあたりを支配している感じであった。

あまりの淋しさに耐えかねて、前夜一緒に飲みあかした英国人女性のアパートに電話したものである。

「メアリー、私は誰かわかるかい」

「あら、まだニューヨークにいるの、今どこ」

「ケネディ空港だよ。十時のBOACに乗ることになっているんだが、君にもういちどさよならを言いたくてね」

「それは残念ね。今度は東京で逢いたいわ」

「きっとだね、シーユースーン」

感情を込めて言ったものである。

この約束はいまだに果たせないままとなっている。あのとき、急上昇する飛行機の窓から見下ろしたニューヨークの灯が恋しくてしようがなかったのを昨日のことのように思い出す。

旅情、旅愁……私は旅が好きである。なかでも海外の旅はしんどいこともあるが、それだけに旅情、旅愁に耽ることも一入だ。できることなら二年に一回くらいは海外の旅を楽しみたいものである。

思い出すこと

若いころを思い出す大切な署名本

書斎の机の前の本棚に、時々開いて眺める二冊の署名本がある。いずれも心のこもった美しい文字で書かれており、親しくお話を伺った若いころを思い出させてくれる大切な本だ。

その一つは、佐藤春夫の『小説永井荷風傳』で、「昭和壬寅夏日」と署名された年が記されている。当時、私は大学四年生で、東京都文京区関口台町にあった佐藤春夫のご自宅を訪ね、謦咳《けいがい》に接していた。

庭先にノウゼンカズラが咲く夏の日の午後、一人訪ねたとき、たまたま手にしていた『小説永井荷風傳』を目にされ、「それに、サインしてあげよう」と言われ、一

か月後に頂いたものだ。

そのころ、私は卒業したら先生になるつもりでいた。大学二年生のとき、千代夫人に「大学を出たからって、すぐに小説家にはなれないわよ。学生のうちに先生の資格をとって、先生をしながら小説の勉強をしなさい」と諭され、資格をとっていた。教授の推薦で名古屋の女学校の英語の先生が内定していた。

ところが、署名していただいた直後に、友人に誘われた新聞社の試験が受かり、先生にはならず、新聞記者になった。何年か後になって、「あのとき、新聞社の試験など受けず、先生になっていたら……」と、思ったものである。ただ、いつかは小説を書こう、という気持ちは心の片隅に抱いていた。

もう一つの署名本は、『戦艦大和ノ最期』の著者、吉田満さんから頂いたものだ。佐藤春夫の署名とは違った流麗な文字である。署名された年は記されていないが、昭和五十年ごろに頂いたものだ。当時、私は金融担当の新聞記者で、日本銀行の監事をされていた吉田満さんとは、顔見知りであった。

夜の銀座のクラブで、偶然出会い、頭を下げるだけの挨拶を交わしたとき、「あなたの連載小説を毎回読んでいますよ」と、声をかけられた。私は驚き、謙遜して「あんなつまらないものを……」と、答えた。すると、すかさず、「つまらないものなら、最初から書きなさんな。書く以上はしっかり書きなさい」と厳しく叱咤された。

翌日、私は改めて日本銀行監事室をお訪ねし、前夜の非礼のほどをお詫びし、「真剣に書きます」と挨拶した。署名本は、そのときに頂いた。連載小説とは、経済雑誌に「本石町物語」のタイトル、飛騨一馬の名で連載していたもので、後に、『日本銀行物語』として出版された。

人生には、思い出として残るかけがえのない大切な出会いがある。

浅草の正月

「浅草へ行きたい」

「今年も浅草へ行くか」

「うん、浅草には欲しいものがいっぱいある」

正月早々、小学校三年の孫にせがまれ浅草へ行った。孫は幼稚園のころから年に二、三回連れて行っているうちにすっかり浅草ファンになった。

という私も浅草が大好きである。なぜだろうと思うこともあるが、その点はあいまいのままだ。しいて言えば、浅草は何かにつけ気楽な街で、人に気遣いのいらない街だからである。

「浅草には一流のものは何もない」（川端康成）が、「何かしらおもしろいものがあり、何かしら魅力がある」と言われるように、要は「浅草は楽しい街」なのである。

私は新聞記者になって五年目、地方支局から本社に上がってまもなくのころ、一年間、都内版の担当になり、週にいちどは浅草寺界隈をぶらついて街の話題を書いていた。そんなこともあって、浅草の街に馴染みができ、とことん好きになったのかもしれない。それで、正月に限らず年に何回かでかけている。

「雷と風は観音びらき」とか、どんなに混雑していても浅草寺へは雷門をくぐって入る。新年を前に張り替えたという赤提灯を前にひと息入れ、一段高い門の下から仲見世通りの先に一対の吊り灯籠に挟まれた大型の赤提灯のある宝蔵門、その上に流れるようにかかる観音堂の屋根瓦を眺めて、ゆっくり歩く。

正月の浅草は、何かと色鮮やかで美しい。真新しい紅白の玉飾りや羽子板、絵馬、木独楽などの飾り付けを見上げながら仲見世通りを歩くと、華やいだ気持ちになる。

この日も大勢の参拝客で、浅草界隈、とりわけ仲見世通りは前にも後ろにも人があふれるように連なっているのに、不思議と周りの人はまったく気にならない。これこそ「万人の浅草」の所以かと思う。

孫の関心は、もっぱら軒を連ねる仲見世商店の玩具や食べ物で、気をひくものを見つけると、さっと店の中へ走りこむ。もう小学生だからと、門のいわれなどについて話すが、無駄なようだ。

浅草寺を訪ねたとき、心ゆくまで眺め思いに耽るところが三か所ある。

一つは本堂外陣の天井絵。川端龍子の「龍之図」を間に堂本印象の「天女之図」と「散華之図」が色鮮やかに描かれている。真下に立ち、頭をぐっと後ろに下げて天井を見上げる。蓮の花を手にした天女が羽衣をなびかせ、今にも舞い降りてくるようで、いっとき夢の世界へ誘う。

今一つは宝蔵門の手前左側、小高い丘の弁天山にある「時の鐘」である。

鐘楼に吊られた鐘は、大型の提灯に比べたら格段に小さく見えるが、松尾芭蕉が「花の雲鐘は上野か浅草か」と詠んだ鐘だ。現在も毎朝六時、役僧によって撞き鳴らされているという。どんな音がするのだろうと思いを馳せると、特別の鐘に見えてくる。目にするたびに、その音を聞きたいと思うが、いまだに実現しない。

もう一つは、古い浅草の雰囲気を漂わせる伝法院通りである。

明るい昼時よりも背の高い飾り街灯が灯りだす夕暮れ時が良い。仲見世通りに向かって右手には、呉服屋、ブラシ屋、古本屋などの看板が掛けられた商店が、左手には伝法院の入り口に沿って屋台が並ぶ。伝法院には小堀遠州の名園がある。

浅草はまた食の街でもある。正月に訪れたとき、数年前までは決まって、浅草寺へお参りしたあと伝法院通りにある大黒屋で海老天を食べた。また、大黒屋が満席のときは近くの小柳でうな丼を食べたものである。そのあと、喫茶店・アンジェラスでコーヒーを飲んだ。

今年は孫の希望で、イタリアンレストランでカルボナーラを食べ、次いで、築地の寿司屋の出店で話題の青森・大間のマグロの握りを賞味した。

ところで、正月に浅草寺へ行くといえば、初詣ということになる。孫を伴い大勢の参拝客に混じってお賽銭を投げてお参りした。ただ、浅草寺は私にとってお祈りの場所ではない。

東京ドームと甲子園

カーンと耳に響く音、ワー、ドン、ドン、ドン――一斉に歓声が噴き上がりドームいっぱいに渦巻く。東京ドームは、外界から隔離された別世界であった。

この夏、小学校四年生の孫と一緒に、初めて東京ドームで巨人戦を観戦した。グラウンドを正面から見下ろす三塁側ホーム寄りの二階席で、対戦相手は広島。

この日、四番阿部が久し振りにホームランを打ち巨人が勝った。何でもこの阿部のホームランは、今季一〇号。プロ入りから十四年連続の二桁本塁打は、巨人では原監督と並び、十七年連続の長島名誉監督に次ぐものとか。

巨人ファンの孫は、阿部の名前入りのバチを叩いて大喜び。試合が終わっても、インタビューがあると席を離れず、帰りに阿部のサイン入りの色紙とボールを買って上機嫌だった。

野球音痴の私は、試合の成り行きより、かっ飛ばせー、かっ飛ばせーと太鼓を打ち鳴らして叫ぶ応援団の声援に圧倒されっぱなし。球場全体が一つのリズムに乗って躍動するのに、ただただ感動したものである。

ところで、野球といえば、甲子園で球児たちの熱戦が続いている。甲子園には天井がない。若者の熱気が天空まで突き抜ける開放感がたまらない。

普段は滅多に野球の試合を見たことがないのに、夏の高校野球選手権大会は別で朝のうちからテレビ観戦を楽しむ。吹き出す汗を拭きもせず、一つのボールを追いかける。全力で疾走し、滑り込む。その無我夢中に取り組む姿が、見ていて気持ちがいいのである。試合に負け、ぼろぼろ涙を流す選手も感動的だ。

ベンチから飛び出し、両手の指を忙しげに動かし選手にサインを送る監督の姿もなかなかおもしろい。采配がうまくいかなかったときに見せる顔がいい。腕を組み、唇を噛む。負けた悔しさをぐっと堪える男の顔だ。

試合に勝った選手たちの見せる爽やかな笑顔はまた格別だ。炎天下で戦い抜いた喜びが全身にあふれている。軽い足取りで応援団の前に走ってゆく。「勝ったぞー」と叫ぶ声が聞こえてくる。

球児たちの熱戦をテレビで見ながら思い出すのは、東京地区予選をネット裏で取材したことだ。入社して三、四か月目、新聞記者の駆け出しのころ、地方に出される前の訓練として数日駆り出された。とにかく運動らしい運動はやったことがなく、野球のボールを握ったこともなく、ネット裏に座ったものの、まったくのちんぷんかんぷんであった。

こんな訓練中の一齣は普通だったら忘れてしまうところだが、試合の数日前、ある小雑誌のインタビューを受け、「ハッスルする新聞記者の卵」のタイトルで九月号に掲載された。前日に取材を終えた雑誌社の記者が翌日、わざわざグラウンドまで写真を撮りに来られ恐縮したものである。

もう半世紀も前の話であるが、先日、その小雑誌の最新号を本屋の店先で見かけ、若いころが懐かしくなった。帰って書棚の奥から当時の雑誌を出してみた。すっかり黄色くなっていたが、昨日のことのような新鮮な感じがした。

追憶の姫路城

「あれが姫路城――」

「そう、きれいでしょう。白鷺城というのよ」

駅頭に降り立って、最初に目にしたのがまっすぐな通りの向こうに建つ白いお城だった。今も、お城と聞いて目を閉じると、姫路城の優雅な姿が瞼に浮かぶ。あれから、もう五十年の月日が経つのに、姫路城を初めて目の当たりにしたときの感動が鮮明によみがえる。

新幹線のないころ、東京駅を夜の十一時ごろに発つ姫路行きの夜行列車があった。私は若いころ、よくこの急行列車を利用して帰省した。岐阜駅で高山線に乗り換えると、明け方、飛驒古川駅に着くのだった。

ある夏の終わりであった。列車が名古屋駅に着いたとき、座席でエビの形で仮眠していた私の座席の足先に、どさっと大きなリュックを下ろされた。驚いて顔を上げると、登山の帰りとおぼしき若い女性がにっこり笑って、

「この席、空いているのでしょう」

という。

「どこまで行くの」

「終点よ」

「終点――。地の果て、そんな遠くへ」

「何言うの。この列車は、姫路行きよ」

「姫路――。知らないね」

「姫路城を見たことがないの。国宝よ」

「国宝の城――」

「いらっしゃいよ。姫路へ。私が案内してあげる」

名古屋駅から岐阜駅まで三十分余り。慌ただしく降りようとする私に、

「あんた、姫路城を見に来るの、今度の日曜日がいいわ」

「わかった」

「じゃ、午前十時に姫路駅の改札口で待っている。本当よ――」

かくして、夜行列車の会話がきっかけで、出会った三日後の午前十時に、私は姫路駅に降り立ったのであった。名前も聞かなかった若い女性は、京都の大学を出て、地元、姫路

の高校の先生。私は駆け出しの新聞記者。

その日、若い先生はおにぎりを用意してきており、一日がかりで、お城の中を親切に案内してくれたのだった。

その後、私は機会あるごとに、各地のお城を見学している。名古屋城、大阪城、小田原城、熊本城、高松城、松本城、姫路城、犬山城、松江城——。

そして、この夏は、会津若松の鶴ヶ城を見学した。北出丸から入場、大きな鏡石のある石垣の前に立ち城を見上げ、天守閣に登り、城下を一望した。美しい街並みの向こうに東山温泉が見えた。

どの城もそれぞれ異なった特徴がありおもしろいが、初めに感動した姫路城は格別である。この夏、姫路城は改修中の作業用の囲いが撤去され、鮮やかな白鷺がよみがえったという。あれから、もう五十年の月日が経つのに、白鷺城の思い出は新鮮である。

東京駅・人生節目の始発駅

「あっ、東京駅だ！」

寝起きに隙間から朝日の差し込む窓のカーテンを引くと、目の前に東京駅が建っていた。赤い煉瓦造りの東京駅がまさかと目をこすった。前夜、遅く到着したオランダ・アムステルダム中央駅前のホテルの五階の部屋。

旅先での錯覚は、多分に郷愁に起因するようだ。このときの旅行は、羽田を発ち、ロサンゼルス、ニューオリンズ、ワシントン、そしてロンドン、パリ、デュッセルドルフなどヨーロッパ各地を回ったあと、ついでにゴッホの「ひまわり」とレンブラントの「夜警」を見て帰ろうとアムステルダムに寄ったのであった。一か月余の長旅のあとで疲れもあったが、東京が恋しくなっていたのかもしれない。

東京駅は、心に残る建物の中でも格別である。その東京駅が開業して百周年という。年の暮れに「東京駅１００年の記憶」展を観てきた。展示された数々の写真を眺めているうちに、東京駅は私の人生節目の始発駅のような気がしてきた。

大学を出て新聞記者となり、最初の任地「浜松」へ出発したのが東京駅なら、新婚旅行に出発したのも東京駅。また定年退職を迎えた日の翌日、「物書きに戻る」と宣言し、再出発を目指して旅に出た駅でもある。

展示の写真とともに数々の思い出にひたったあと、元通りに復元された南北のドームを観に行った。天空に開いた穴はないが、ローマのパンテオン神殿を連想させる高い円天井と回りの彫刻の美しさにしばし心揺さぶられる。ついで東京駅舎の全貌を正面から眺めようと、駅前の丸ビル五階のラウンジに上った。全長三三五メートルの長い駅舎が目の前に横たわっている。改めて全体像を眺めると東京駅は大きく格調高い。アムステルダムの中央駅とはずいぶんと違うのに気づいた。

建築家の藤森照信さんによると、「東京駅は横綱の土俵入りを写したもの」(『建築探偵の冒険』)という。「大銀杏のような派手な屋根、両手をいっぱい張り広げググッと腰を割った低い姿勢、クイッとアゴを上げ皇居を見据える中央玄関」(同)——じっと眺めているうちにそんな気になってきた。

さて、東京駅を前にして、この駅から今一度、記憶に残る旅をしようという思いがフツフツと沸いてきた。もういちどアムステルダムの中央駅を見に行くのもよいと思う。そのうち何となくもう旅に出たような気分になりながら、丸ビルの一階に降りると、丸の内中通りに面したコーナーに氷のツリーが煌めいている。

人だかりが気になり近づいて見ると、「アナと雪の女王」とか。ツリー正面のテラスで子どもたちが写真を撮っている。案内の男性に「あなたもどうぞ」と声をかけられ、ステージに立った。

その夜、テレビで「アナと雪の女王」のかわいい主人公が「ありのままを見せるのよ」と歌っていた。そうだ、新しい年に夢のような旅に出よう。「レット・イット・ゴー」、心のうちに繰り返していた。

帽子と心

「帽子が似合っているね」

と、褒められるとうれしくなる。帽子は粋にかぶりたいと思う。

普段の外出にスーツではなくジャケットをおもに着るようになって帽子をかぶる機会が多くなった。

季節によって洋服に合わせ帽子も変えるが、その帽子が合わないと、どことなく落ち着かないものだ。そんなとき、街を歩いていて帽子屋を見かけるとそっと覗いてみる。

バルセロナの繁華街を散策していたときだった。

帽子屋の入り口で店内に飾られた帽子を見つめていると、中年の品のいい女店員が帽子を手に奥から出てきて、さっと私の頭にかぶせ、

「ぴったりよ」

と、笑顔を見せた。

「うん、ぴったりのサイズだ」

「そう、あなたの顔にも洋服にも。とても、ダンディよ」

私を見つめながら二、三歩下がり、目を輝かして言う。その言葉を真に受け、かぶったまま店を出た。いまも散歩の際にかぶる思い出の帽子だ。

父がカンカン帽をかぶり、和服の裾を風に翻しながら颯爽と歩いていた姿が瞼に焼きついている。

いい帽子をかぶると自然に姿勢が良くなるものだ。背筋を伸ばし歩き方も決まってくる。そのうち帽子がその人に馴染んでくるようだ。

ミレーの「晩鐘」の見どころは帽子を手に頭を垂れる農夫と、その前で手を合わせ祈る夫人の姿である。遠くに教会の尖塔が見える畑の夕暮れ、鐘の音が聞こえてくる清逸な光景。農夫の手にする帽子には魂が宿っているように感じられる。

欧州の聖堂を訪ねると、老いた紳士が脱いだ帽子を胸にマリア像を見上げている姿に出くわし、その敬虔な祈りの姿に心打たれることがある。

紳士の帽子には室内ではかぶらないとか、御婦人と挨拶を交わすときは脱ぐとか、マナーがあり、かぶる人の精神を律する働きがあるように思う。

紳士の帽子には用途によって形や材質が異なる。佐藤春夫のアルバム（『新潮日本文学アルバム』）を繙くと、山高帽、カンカン帽、パナマ帽、鳥打帽、ソフト帽と、年代によっていろんな帽子をかぶっている。どの帽子姿も風格があり、豊かな人生に彩りを添えている。私もその心にあやかりたいものだ。

今年の桜・古木に精気を実感

「さまざまの事おもひ出す…」からだろうか。桜の花便りが聞かれるころになると心が騒ぐ。昨年は皇居・乾通りの桜が一般公開されたのを機に、皇居の中でいちばん美しいといわれる道灌濠の枝垂れ桜に感動したのを思い出す。

上野公園から隅田公園へ、そして千鳥ヶ淵へ——、今年も気の向くままに都内の桜の名所を巡った。上野公園では、青く透き通る空いっぱいに咲き誇った正面入り口の早咲き桜のあまりの美しさに見とれ、喜びの実感が湧いた。

隅田公園では、遊覧船の上からカモメの舞う水面に影を落とす桜並木を見つめながら、若いころに眺めその美しさに感動したワシントン・ポトマック河畔の満開の桜に思いを馳せた。

毎朝、散策する自宅に近いもえぎ野公園の桜は、咲きだしたころ風雨に見舞われ、満開を目にしたのはたった一日だった。一斉に散りだしたのを惜しんでいると、鶯の鳴き声がした。思いもよらない出会いに、どこかとあたりを見渡した。すると、目の前の太い桜の幹に吹き出すように咲いた花が揺れ、「何を探しているの」と問いかけているではないか。

荒々しい古木に宿っている桜の精気がすっと姿を現したかと、錯覚に陥っていた。桜の精が西行の夢に老翁の姿で現れる能「西行桜」を連想しながら、まさに夢うつつのいっときであった。

そして、太い幹に咲く桜は奥村土牛が八十三歳のときに描いた日本画「醍醐」を思い出させた。土牛は、たまたま立ち寄った醍醐寺の枝垂れ桜のあまりの美しさに心打たれ絵筆をとったという。画面の真ん中に立つ古木の太い幹に淡い色の花が奥深く艶やかに描かれている。写生を重んじ各地の桜とひたむきに向き合い、十年もかけて描いたといわれる。

桜の花は、なぜ気になるのだろうか。一斉に咲き一斉に散ってゆく姿に、さまざまな夢を託すからだろうか。桜に思いを込めた歌は多い。思いつくままに三首——。

世の中にたえて桜のなかりせば春の心はのどけからまし

散ればこそいとど桜はめでたけれうき世になにか久しかるべき

春風の花を散らすと見る夢はさめても胸のさわぐなりけり

年寄りて知る江戸の味　どぜう鍋

夏の昼下がりに一人浅草へ、浅草寺界隈を散策したあと、吾妻橋の袂から隅田川べりの遊歩道をぶらついて駒形橋に出た。橋の袂に建つ駒形堂の前から「どぜう」と紺地に白抜きした三文字が見える。久しぶりにどじょう鍋を食べることにした。

軒下の久保田万太郎の句碑「神輿まつまのどぜう汁すすりけり」を眺め、暖簾をくぐり引き戸を開けると、籐むしろを敷いた広い座敷は湯気の立つどじょう鍋を前に胡坐をかいた人で活気にあふれている。

案内された席の小さな座布団に座る。すぐに白木のマスに入れた火ぶろと、粉山椒と七味唐辛子、それにネギを添えた薬味箱が運ばれる。次いで、どじょうをずらっとのせた浅い鉄鍋が炭火の赤々と燃えている火ぶろの上に置かれる。ふっくらと太い丸どじょうを見つめながら、何度この鍋を食べただろうかと思いに耽る。あとからの客が隣りに座ってもまったく気にならない。いつ来ても変わらない光景である。

鉄鍋いっぱいに並んだどじょうに刻んだネギを被せるようにのせ割り下をたす。くつくつ音をたててネギの香りがし、丸いどじょうがふくふくと浮き上がるようにうごめきだすと、ネギもしんなりしてきて食べごろである。

鍋のどじょうは、前もって酒と合わせ味噌で煮込んであり骨まで柔らかい。そっと箸にとりネギを上に口へ。そして半分くらい飲みこんだところへ、冷えた日本酒をひと口。舌と喉にとろけるような食感がいい。これこそ江戸の味である。ようやくこの江戸の味がわかるようになったと思う。

そこで一句。

年寄りて　知る江戸の味　どぜう鍋

日本酒を飲むほどに江戸の味も深まり、そのうち、生きたどじょうが目に浮かび、またさまざまな思い出が紡ぎ出されるのであった。

子どものころ、よく田圃や小川でどじょうを獲って遊んだのが懐かしい。どじょうは元気で手につかまえるのが大変だった。どじょうはきれいな水で泥を吐かせたあと、味噌汁に入れたのを食べたような気がするが、どんな味であったか、その記憶は曖昧である。

本四架橋ができたころ、四国・香川で土地の名物と勧められ、「どじょううどん」を頂いた。鉄鍋に生きたどじょうを入れ、酒をかけ、だし汁が煮たったところへ打ちたてのうどんを入れる。うどんはうまかったが、どじょうの味は思い浮かばない。

マドリードでスペインの味だという「アンギラス」を賞味したのが忘れられない。ウナギの稚魚をニンニクと赤唐辛子を入れたオリーブ・オイルで炒めた料理だ。どじょう鍋より少し大き目の陶器の鍋にぐつぐつと熱いまま出され、実にうまい。食べながら、どじょうの稚魚ではどうだろうと思ったのが懐かしい。

さて、どじょうといえば安来節。「どじょうすくい踊り」を連想する。親しい友人たちと島根を旅したとき安来節演芸館へ立ち寄った。たまたま一足遅れて入った会場の入り口で、「こちらへ、ぜひ」と一人楽屋裏へ案内され、勧められるままに踊りの手ほどきを受けた。

思わぬハプニングに戸惑いながら、ひととおり習い終えほっとひと息つく。とすかさず舞台衣装を渡され、「さあ、さあ、皆さんがお待ちですよ」とせかされる。すぐに絣模様の法被《はっぴ》をまとい、腰に籠をつけ、ざるを手に、尺八、三味線、太鼓の鳴り響く舞台へ。

中年女性の甲高い歌声にのって習ったばかりのどじょうすくい踊りの初披露と相成った。拍手、拍手のなか、子どものころ遊んだどじょうすくいを思い出し、前屈みに抜き足差し足、どじょう踏む足付きで踊った。いつの間にか恥ずかしいとか、照れくさいとかいった気持ちはどこかへ吹っ飛んでいた。楽しい体験であった。

一人江戸の味を満喫しほろ酔い機嫌で店を出ると、折から降り出した雨がぽつりと顔に当たる。歩道を渡り駒形橋の袂にある茶屋で雨宿りをしようと、二階の店に上がった。窓際の席から右手前に駒形堂、その脇を隅田川がゆったり流れている。ふと、歌川広重が駒形堂と隅田川を描いた「名所江戸百景　駒形堂吾妻橋」（錦絵）の風景画が思い浮かんだ。そして、「君は今駒形あたりほととぎす」の句がよみがえる。

まばたきすると、隅田川の向こう岸はビルが立ち並び、吾妻橋の先にスカイツリーが霞んで見える。鷺が飛んでいる。隅田川の眺めはすっかり変わったが、江戸の味、どぜう鍋

は昔のままと知る浅草散策であった。

街を歩く楽しみ

クリスマスを祝う歌声が聞こえてくるようで心が弾むのを覚えた。師走の週末、クリスマス気分を楽しむ人たちで賑わう夕暮れ時の東京・丸の内の仲通り。灯りに輝く飾りを目にしたとき、若いころ声を張り上げて讃美歌を歌った東京・中野の教会を思い出した。

聖書を読んでも日曜日に教会へ行かなくなって久しい。クリスマスの飾り付けを眺めながら、その気になればいつでも行けるのにと思いながら、通った教会が懐かしく瞼に浮かぶ。そして、一緒に讃美歌を歌った人たちはどうしていられるだろうかと思う。

街を歩くのは楽しい。思いがけない発見があったり、忘れていた過去の出来事をふと思い出したり、あれこれ考えながら歩くうちに容易に答えが出なかった難問がすっと解けたりする。

超高層ビル街にすっかり生まれ変わった丸の内仲通りは、あらかた落葉した街路樹の数多くに小さな電球が見える。おしゃれなブティックや喫茶店が並ぶ歩道寄りのベンチにかけコーヒーを飲みながら、街路樹に灯りの灯るのを待った。すると、ウィーンであったか、バルセロナであったか、ニューヨークであったか、街角で同じような体験をしたのが懐かしく思い出された。

時差の関係で早朝に到着することがあったロンドンでは、ホテルに荷物を預けたあと、あれこれ仕事のことを考えながら繁華街をよく歩いた。そんなときは往き交う人も二階建てバスもまったく気にならなかった。

スイス・チューリッヒの聖母教会でシャガールのステンドグラスに感動した昼下がり、バーンホフ通りの菩提樹の並木の下を甘い香りを浴びながら歩いた。心の中まで透き通るような気分になったのが忘れられない。

夕闇迫るニューオリンズの繁華街を歩きながら、軒を連ねるオイスターバーやジャズバーから聞こえる賑やかなバンドのリズムを耳にしたときは、ふと上海・和平飯店で老年爵士が演奏するしっとりとした演奏が懐かしく、上海の夜景が瞼に浮かんでいた。

毎朝歩く近くの公園では、落葉した樹林を眺めて奥飛騨の実家の裏山の楢の木々はどうなっただろうか。今年は帰郷できなかったが、来年は緑の美しいころに行きたいと考える。

愛用のコーヒーカップ

好きなもの　イチゴ　コーヒー　花　美人　懐手して宇宙見物　寺田寅彦

「コーヒーの味はコーヒーによって呼び出される幻想曲の味で……コーヒー茶わんの縁がまさにくちびると相触れようとする瞬間にぱっと頭の中に一道の光が流れ込むような気がすると同時に、やすやすと解決の手掛かりを思いつくことがしばしばあるようである」

（寺田寅彦『コーヒー哲学序説』）

早朝に書斎で口にする淹れたての一杯のコーヒーの香りと味は格別である。それは「コーヒーの効果は官能を鋭敏にし洞察と認識を透明にする」（同）からかもしれない。

美味しいコーヒーを飲むときは器も大切である。愛用しているのは渡部源土さんの黄瀬戸のカップ。同じ椿の花の描かれた皿と一対で、並べて置くと実に良い。どちらかというと、黄瀬戸の器は見た目にやさしく和風の雰囲気だが、このコーヒーカップは肌触りも良く、底近くに付いた取っ手が持ちやすく、薄いカップの縁の口当たりも良い。

もう一つ愛用しているのは、郷里に近い飛騨高山の渋草焼のカップだ。薄い青みがかった白色が特徴で見るからに格調が高い。少し重いが机の隅に置いて安定感があり、描かれた龍の絵も気に入っている。

時々眺めるだけで滅多に使わないが、旅先で買った思い出のカップもある。その一つはロンドンの空港でたまたま手にしたカップで、表面に一九八一年、ウィリアム皇太子とダイアナとの結婚の日付がある。その隣は、カップの底に一九八二年、最初の子どもの誕生記念のカップとの表示がある。そのころ毎年のように欧州への出張があり、都心の陶芸店で買ったウェッジウッドの高級品である。

最近は街なかのコーヒー店も増え、コンビニの百円コーヒーやスタンドで立ち飲みと気軽にコーヒーが飲めるようになったが、紙コップやプラスチック容器ではいっときの気分転換になっても、心を癒やす幻想曲の味には程遠いものだ。

私の愛用している黄瀬戸のコーヒーカップを制作した陶芸家、渡部源土さんは今郷里の北海道で活躍中だ。小説『炎の森へ』(日本経済新聞出版刊)のモデルでもある。

思い出を彩るペルシャ絨毯

大切な来客を迎えるときは、玄関にシルクのペルシャ絨毯《じゅうたん》を敷く。すると古びた和風の家が華やいで見えるから不思議だ。また夏の暑い日の午後など、和室の畳の上に敷いたウールの絨毯の上で一人まどろむのは格別である。

ペルシャ絨毯の不思議な魅力にとりつかれて久しい。時々『ペルシャ絨毯文様事典』(柏書房)を広げ、産地によって異なる艶やかな美に驚かされる。ときに、ペルシャ絨毯の専門店に立ち寄って鑑賞する。この日は、東京・築地の友人の店で、樹木や花、鳥を描いたピクチャー・タイプの絨毯を見せてもらった。

「おもしろいでしょう。この絨毯は、冬の寒いイランの西北、トルコに近いビジャールで織られたもので、多分、地元の風景でしょう」

水鳥が泳ぐ薄青い小川の岸辺の樹木に赤い花が咲いている一枚の壁掛け絨毯を広げ、店主のバシリーさんは笑顔を見せる。春の訪れを喜ぶ気持ちが織り込まれているように思われた。

五千年の歴史をもつといわれるペルシャ絨毯は、親から子へ、子から孫へと代々受け継がれてきた伝統芸術。天然染料で染め上げた手紬《てつむぎ》の糸を一本ずつ手にとり丁寧に一年以上かけて織ってゆく。仕上がった絨毯には織った人の人生が織り込まれているともいう。

子ども向けの『千一夜物語』で魔法の絨毯の物語を知ったとき、「大きくなったら〈空飛ぶ絨毯〉に乗って世界中を旅したいなあ」と夢を抱いたのは小学校二、三年のころであった。

子どものころの夢は大人になっても忘れられなかった。ヨーロッパへ一か月近く出張した帰り、テヘランで一週間余り過ごす機会があった。さっそく国立カーペットミュージアムを見学し、バザールの大きな絨毯店へ行った。山のように積んだ絨毯を前に、「よし、〈空飛ぶ魔法の絨毯〉を探そう」とまじめに考えたものである。

店長のイラン人は、各産地の絨毯を並べ、それぞれの特徴を得意気にしゃべりまくる。そして、手に取るように勧められるのは魅惑的な美しい絨毯でどこの店にも見られるようなものだった。どう見ても「空飛ぶ魔法の絨毯」には程遠い感じがして首をかしげると、店長は大きくうなずいて、奥から二枚の絨毯を出してきて改めて話しだした。

「ペルシャ絨毯は、三種類あります。先にお見せした美しい絨毯は美術絨毯、販売を目的としたマネー・カーペット、こちらの絹の絨毯は、モスクでお祈りするとき使うプレー・カーペット、そして、こちらは女の子が大きくなったらこんな人生を迎えたいと自分の将来を美しい花や小鳥に託し、思い描きながら幼いころから何年もかけて織りあげたものです。大切にしてお嫁に行くとき持って行くマリッジ・カーペット。だから新しいものはありません。中古のウール絨毯ですが乙女の夢がいっぱい詰まった素晴らしい絨毯です」

この話に心惹かれたからか、見れば見るほど魅惑的でそのマリッジ・カーペットを担いで帰国の途についた。長旅の疲れで飛行機の中でうとうとすると、子どものころの夢が浮かび、そのうち魔法の絨毯に乗って雲の上を飛んでいるような気分になっていた。

夏の昼下がりの和室で一人寝転がってまどろむ。思い出を彩るペルシャ絨毯の上である。

心で見る『美しき町』

たまたま開いた随筆集『望郷の賦』で、短いキセルに右手を添えて隅田川べりに立つ佐藤春夫の写真を目にしたとき、これは短編小説『美しき町』の舞台となった中洲を眺めているに違いないと思った。着流しの和服姿で煙草をくゆらしながらどこかをじっと見つめる姿は、学生のころ関口町のご自宅でよく見かけた光景であった。

随筆は、永井荷風の東京散策記『日和下駄』を踏まえて東京の下町界隈を巡回したというもので、写真の下に「浜町河岸から中洲方面を望む、左が清洲橋」と記してある。広がる空と水の輝き、それに群れ飛ぶカモメや清洲橋をはじめとするいろいろな橋を眺めるのは気分のいいもので、浅草へ行くときはよく浜離宮公園から水上バスに乗ってゆく。その際、清洲橋の下を通っても「美しき町」の舞台、中洲を意識したことはなかった。じっと中洲を眺める写真に触発されて早速、佐藤春夫が立っていたと思われる隅田川べりに行ってみた。

「美しき町」は、隅田川の清洲橋の近くの中洲に心地良い理想の町を作ることを夢見た男たちの幻想を描いた大正八年の作品だ。「美しき町」に似た話は、前年の大正七年に出された『田園の憂鬱』の中に「現実にはないような立派な街……東京の何処かにこれと全く同じ場所がきっとありそうに想像され、信じられた」と幻影が描かれている。

明治大正のころ隅田川はこのあたりで大きく湾曲しており、中洲はその後ろに隠れた小さな島であったといわれる。現在は埋め立てられた箱崎川の上に高速道路が走り、美しい水辺の町であったという中洲は見る影もない。遊覧船がゆったりと往き交うのは風情があって良いが、川岸に見えるのは倉庫らしきコンクリートの建物ばかり。

佐藤春夫にならって水際に立ち、このあたりかと思われる清洲橋の先に顔を向けてたたずむ。すると、幻想か、幻影か、どこかで見たような風景が心に浮かんできた。それは何と数年前に訪れたポルトガルのシントラの街であった。

シントラはリスボン近郊の風光明媚な山間にあるポルトガル王家の夏の避暑地。緑豊かな美しい街で、英国の詩人バイロンが、「いと気高き景勝の地」、「驚嘆すべき佳景」と絶賛し、「見よ。シントラという名の壮麗なエデンの園は山と渓谷でつくられ、錯雑とした迷宮の中に介在する」と

歌った。今「シントラの文化的景観」として世界遺産に登録されている。遠目に二本の巨大な煙突が目を引く王宮や豪邸が点在、街なかを歩いていると清らかなそよ風が吹く感じで心が安らいだ思い出がある。

それにしても、なにゆえ隅田川の中洲にポルトガルのシントラなのかといっとき自らの幻想に戸惑いを抱いたが、しばらくしてその感情は安らいだ。佐藤春夫が「割合に年の幼い人に讀んで貰いたいと思ふものを集めた」という『蝗の大旅行』の中に収められている「美しき町」の挿絵を目にしたとき、これはシントラの街にそっくりだと思ったからだ。

この本のはしがきに、挿絵は島多訥郎、「美しき町」は「私が書いたままでは讀みにくいといふので稲垣足穂がやさしく書き直してくれました」とある。

似ているのは、四角い建物の上に二本の巨大な煙突のように見える尖りが描かれただけと思えばそれまでだが、心の目で見れば同じように見えてくる。佐藤春夫の「美しき町」は単に目で見た美しい風景を描いたものではなく、町の家に灯る暖かい灯りや住む人の優しい心をも含めた楽しい町だ。現実には、そんな理想の町はできないとわかっても、「エデンの園」の実現に向けて真剣に夢中になって取り組んだ時間は楽しく幸せであった。

この短い文は、心の目を開き思いを深めて書いた。少し時間もかかったが楽しみながら書いた文である。

（田吹長彦のバイロンの詩の訳は、北九州大学外国語学部紀要第四〇号から）

春爛漫…牡丹、つつじ咲く

福の神　やどらせ給う　ぼたん哉　　一茶
富貴には　遠し年々　牡丹見る　　鉄之助
白牡丹と　いふといへども　紅ほのか　　虚子

今を盛りと華やかに咲きにおう牡丹を見つめていると、花の芯のあたりから幾重にも重なる薄い花びらを震わし、清らかな二胡の調べが聞こえてくるようで万感胸に迫る思いに幸せな気持ちになる。

桜の花が散り、しばらくして上野公園へ訪れたときは美術館のあと、上野東照宮の「ぼたん苑」に立ち寄ることにしている。毎年四月中旬から五月中旬にかけて「春のぼたん祭」が開催され春を彩る多様な花々を楽しめる。今年は樹齢四十年以上という大株牡丹をはじめ、中国、アメリカ、ヨーロッパなどの品種一一〇種、六〇〇〇株余の牡丹が咲き誇っていた。

牡丹は「百花の王」と呼ばれ、絢爛豪華な花容から「富貴花」とも称され、幸福をもたらす縁起の良い花として俳句に詠まれ、また絵に描かれている。中国原産で奈良時代に薬用として日本に渡来し、観賞用として多く栽培されるようになったといわれる。中国の国花ということもあり、北京や上海などのホテルや料理店で大きく描かれた牡丹の絵を見かける。

わが家の居間にも赤、白、紫の三本の花が艶やかに咲いた牡丹の絵を飾っている。数年前、中国各地を旅行した際、広州のホテルで

購入したものでいつ見ても新鮮で目を楽しませてくれる。

盛りなる花曼荼羅の躑躅かな　虚子
つつじ咲て石移したるうれしさよ　蕪村
吾子の瞳に緋躑躅宿るむらさきに　草田男

この季節、つつじや藤の花も見ごろである。上野東照宮「ぼたん苑」で多くの豪華な牡丹を観賞したあと、上野公園からほど近い所にある根津神社のつつじを見に行った。折から「つつじまつり」で外国からの観光客も多く賑わっていた。根津神社のつつじは、三五〇年前この地が甲府宰相徳川綱重の下屋敷であったとき綱重が植えたのが始まりという。宝永三年建立の重要文化財・楼門左手の「つつじ苑」には現在、三〇〇種三〇〇〇株余の色とりどりのつつじが咲き誇っている。

つつじの花は最近、各地の公園や住宅の庭先でもよく見かけるが、こんもり咲く花の固まりが緩やかな斜面に連なって見られるのは壮観な光景である。東京・文京区の根津界隈には夏目漱石や森鷗外、佐藤春夫など文豪の居住跡が散在しており、「つつじ苑」の下、楼門の脇には根津神社の氏子であった漱石や鷗外が境内を散歩したとき腰を下ろしたという横長の自然石がある。その石に腰かけ重厚な楼門を眺めながら名物甘酒茶の酒まんじゅうを食べた。

俳句の楽しみ

久し振りに会った現役時代の同僚に誘われ、月一回開かれるOB十人余の句会に参加している。時々短いエッセイを書いているが、芭蕉や子規の句に接することがあっても意図して句作したことはなく、選者を囲んで開かれる句会に参加したものの、最初の二、三回は戸惑うばかりであった。そのうち今月はより良い句をと常日頃から心がけるようになった。散歩の際はあたりの草花を眺め野鳥の鳴き声に耳を傾けている。

句会では参加者が用意してきた五句を提出し、選者を中心に批評し合い、季語の誤りなどを指摘される。最後に選者が一人一句を選び、月末の業界新聞に○○俳壇として掲載される。

二〇一六年七月からの俳句、十二句は次のとおり。いずれも苦吟したもので、並べてみると一句一句にその時々の思い出もある。

朝顔の紅さすつぼみ右巻きに
追風は母の一声運動会
亡き妻を心に仰ぐ今日の月
柿の秋まぶたに浮かぶ飛騨の里
ひっそりと秋薔薇の咲く昼下り
千両万両一人暮しの庭を染め
菜の花に心のなごむ散歩道
庭奥の亡き妻愛でし濃紅梅
「ありがとう」の妻の墓碑銘かすみ草
雲雀鳴く心ふるはせ天仰ぐ
江ノ島の風欲しいまま白子丼
螢狩遠地に住む孫呼び寄せて

写真は五月に六義園へ吟行に行った際、滝見茶屋でメモ帳と万年筆を手に「ここで一句」と、ひとり苦吟しているところだ。たまたまこの場を訪れた旅行中の米国人が撮った。

ふと人の気配に振り向くと、カメラを手にした外国人が近づき、笑顔で話しかけてきた。

「君がひとりじっと座っていてくれて、いい写真が撮れた。サンキュウ。この小さな家は日本の感じがよく出ている。僕はカメラマンで、世界各地を回って写真を撮っている」

「この小屋は、『あずまや』といって、休憩所。向こうの岩の間を流れる滝の水を眺めるための場所で『滝見茶屋』という。いい写真が撮れていたら送ってほしい」

と、名刺を渡した。数日後、サンフランシスコからインターネットで送ってきたものだ。写真を撮られたのを気づかないほど熱心に苦吟したものの、この場では句はできず、「あずまや」を出たところで、空高く鳴く雲雀《ひばり》の声に空を見上げ、「雲雀鳴く心ふるはせ天仰ぐ」の句となった。

パイプ・煙の香り

東京・内幸町の高層ビル二八階にあるレストランの窓際に立ち、日比谷公園から皇居前広場の先に広がる丸の内、大手町のビジネス街を展望していたとき、ふとパイプを喫いたい気分になった。この界隈の変貌ぶりに目を瞠るのは、毎日のようにこのあたりを歩いていた現役のころが懐かしく思い出されるからだろうか。高層ビル群に囲まれた公園の緑が真夏の日差しに映え美しいからだろうか。こんないっとき思いを深めるのに役立つのがパイプである。

実はこの日、久し振りにパイプと煙草を上着のポケットに入れていた。レストランには灰皿はない。パイプを手にする雰囲気はまったく見られない。それではと早々に食事を終え日比谷公園に行ってみた。日陰のベンチは涼む人でいっぱい。誰もいないのは広場の噴水の周りだけであった。このあたりならばと、さっそくパイプを手に一服と相成った。日差しはまったく気にならない。噴水の冷気が漂い実にいい気分であった。

パイプの煙と香りの効果だろうか、横浜・山下公園の海岸通りのベンチでパイプを喫いながらカモメが舞い遊覧船の往き交う港の光景を眺めて過ごしたひと時を思い出した。あれから何年になるだろう。

「そうだ。あのときのあの気分だ」

と思う。人生にゆとりを感じたひと時。生きている幸せを実感したいっときがよみがえるのであった。

ところで、パイプを手にしたのは二十数年振りである。何かの拍子に普段あまり使わない机の引き出しを開けると、奥からパイプがごろごろと出てきた。合わせて十本。灰皿もたばこの入った陶器の瓶もある。手に取ってみると、ワシントンや上海で買った思い出のパイプもある。

その一つは、四十年前、日米繊維交渉の取材でワシントンに出張した際、「初めてのア

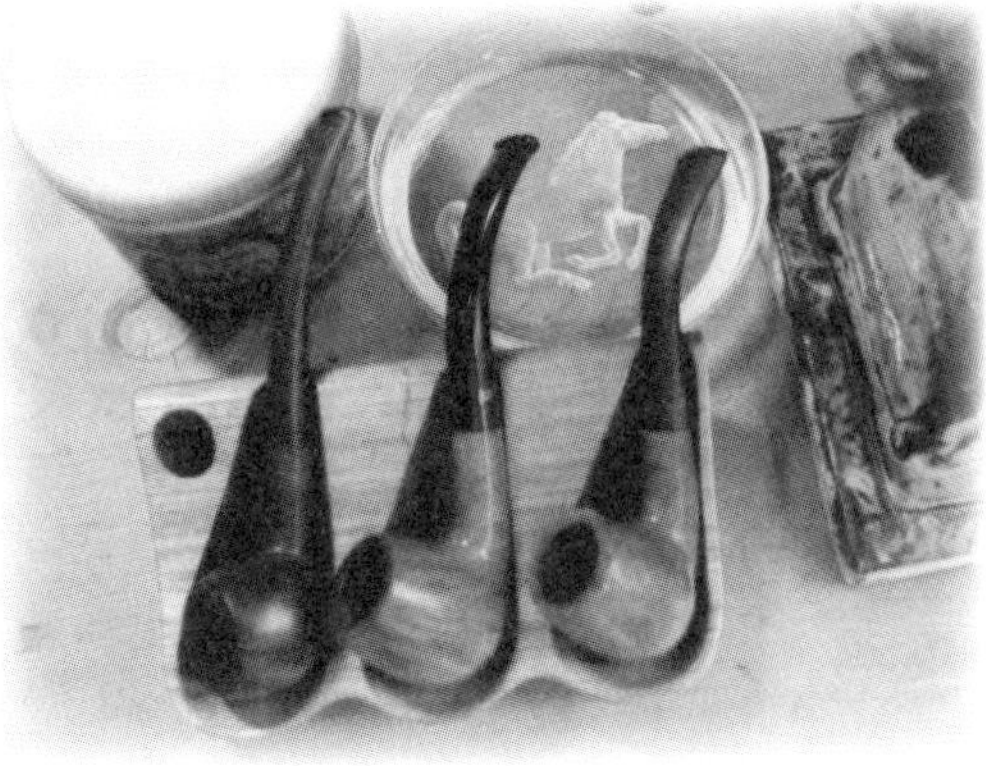

メリカ、何か記念品を」とナショナル・プレスセンター前のパイプ店で買った。当時、煙草を嗜んだことはなかったが、このパイプがきっかけで街を散策していてパイプ店を見かけると覗いてみる。そのうち勧められるままにたばこを詰めて喫ってみることになった。喫うといっても煙を吸い込むことはなく、もっぱら香りを楽しむのであった。新しいパイプを手に親しい人に会うと話が弾むこともあった。

最初のワシントン出張から二年後、再びワシントンへ出張したときは、ニューヨーク経由でロンドンへ行き、八日間の予定でロンドン、パリ、ケルン、ミラノ、ローマと回ってきた。その際、

「初めてのロンドン、何を見たらいいですか」

と、当時、日銀ロンドン駐在参事をしていた長坂健二郎さんに尋ねると、

「第一は、大英博物館のロゼッタストーン。それに、あなたはパイプの趣味をお持ちだからパイプミュージアムがいいでしょう」

と言う。

それではと、大英博物館のロゼッタストーンを見たあと、地図を頼りに歩きに歩きパイプミュージアムへ。パイプミュージアムはダンヒルの本社の中にあった。磨き抜かれた数多くのパイプを見つめながら、その歴史の深さに思いを馳せた。そのとき、店頭に並ぶダンヒルのパイプも眺めたが、高級品ばかりで手が出なかったのも懐かしい思い出である。

さて、久し振りにパイプを手にしたというものの、以前のようにたびたび喫う気持ちにはならない。当分は書斎の机の片隅に置いて、その感触を確かめ、たまには燻らして香りを楽しみたい。

光は銀座から

東京・銀座を歩くのは楽しい。とりわけ銀座通りは若いころの思い出も重なり格別である。銀座四丁目交差点。和光と通りを挟んで建つ三愛ビルは思い出のシンボルタワーだ。近くを歩くたびに「このビルだ」と見上げ心が弾む。確かな思い出は未来へつながる夢を描く。

かれこれ半世紀以上前の話である。

家庭教師先で授業を終え帰ろうとしたとき、竹中工務店の役員をしていたご主人に呼び止められた。

「君、銀座の真ん中で三晩徹夜してくれないか」

「えっ、銀座の真ん中で徹夜……」

「そうだ。アルバイトだよ」

「今度銀座四丁目の角に新しいビルを建てる。交通量の少ない時間帯に工事をしないといけないので、夜に交差点を通る車の数を調べる必要があるのだ。友達を誘って三人でやってほしい」

かくして銀座四丁目の交差点、三越銀座店の脇の地下鉄入り口近くに陣取り三晩徹夜した。午前二時ごろ、走る車も人の姿もめっきり少なくなった通りを夜鳴き蕎麦の屋台が足早に過ぎるのを目にしたのを覚えている。

それから数年後、就職した新聞社で一年間、朝刊の都心版担当記者となり、千代田、中央、文京、台東の都心四区内を回り地元の祭りや歳の市などの話題を毎日書いた。一九六八年十月、国家行事として行われた明治百年祭に協賛して「光は銀座から」をテーマにパレードを主体とした大銀座祭りが銀座通りを中心に盛大に行われ、商店街の会長が三愛ビルの前を人力車に乗って走った。その光景を目の当たりにして原稿を書いたのが懐かしい。

つい最近、書斎の片隅から当日渡された報道の腕章と記念のネクタイピンが出てきた。

今も月に一、二回は銀座を歩く。京橋で開かれる句会やエッセイストクラブの例会に出たあとなどによく散策する。このところ銀座へ向かって歩く道筋は決まっている。時間の余裕のあるときはまず内幸町のクラブに立ち寄りコーヒーを飲んだあと、日比谷公園を通り抜け、帝国ホテルの脇の道を銀座へ向かう。

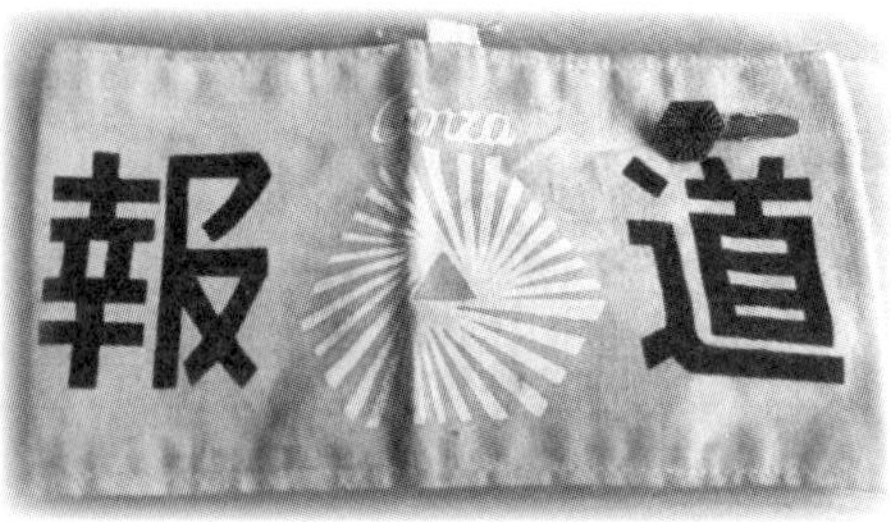

外堀通り、並木通りを横切り銀座通りへ。このあたりにはこぢんまりした画廊や陶器店があり、時に覗くこともある。

銀座を歩く楽しみは、変化、日々進化する街の眺めであり、洒落たお店の飾り付け、また往き交うさまざまな人のファッションや表情に出会うことである。外国人の増えた表通りを歩くときはニューヨークの五番街を歩くときのように自然と背筋を伸ばし姿勢を正して歩く。それで緊張しているわけではなく前方を見ながら通りの店舗などをしっかり観察している。

銀座通りに立ち寄る店が三軒ある。どの店も間口は狭いが奥行きがシックな雰囲気の老舗である。一つは新橋寄りにある黒田陶苑。魯山人の陶器や名画など優れた作品が展示してあるほか、二階では作家の個展も開かれている。そのあと立ち寄るのが喫煙具専門店の菊水。若いころこの店でパイプを何本か買った。最近はパイプを嗜むこともなくなったのに、高級なパイプを目にするとつい手に取って感触を楽しむ。

そうしてもう一軒は、京橋寄りにある帽子店、トラヤだ。ウィンドウに展示された新製品を眺め衝動買いしたものもある。あわせて数個の帽子を買っており、店員さんとも顔なじみだ。

光は銀座から。銀座を歩くと気持ちがリフレッシュする。久しぶりに三愛ビルの最上階に上がり銀座通りを見下ろした。右手下、三越銀座店沿いに六十年前、三晩徹夜した「場所」が白っぽく光って見えた。

幸せをもたらすクリスマス

歳末に都心を歩く楽しみはデパートや商店の店先に美しく飾られたクリスマスツリーが見られることだ。つい足を止めツリーを眺める。するとクリスマスを祝う讃美歌のメロディーが聞こえてくるような幸せな気分になる。

若いころ教会の聖歌隊に参加し思いっきり歌ったころが懐かしく思い出され、讃美歌の一節を口ずさむ。

神の御子は今宵しも　ベツレヘムに生まれたもう
いざ友よ、もろともに　いそぎゆきて拝まずや

そして、

諸人こぞりて　むかえまつれ、久しく待ちにし　主は来ませり、主は、主はきませり、

しぼめる心の　花を咲かせ、めぐみの露おく　主はきませり、主は、主はきませり

――――

また、子どもが小さいころクリスマスケーキを前に家族で讃美歌を歌ったころが懐かしく瞼に浮かぶ。

クリスマスツリー亡き妻の手作り今年また

手作りのクリスマスツリーに飾り付けをしたのも楽しい思い出である。クリスマスは幸せをもたらしてくれる年末の行事である。

妻の添ふ百寿の笑や胡蝶蘭

「今、何をしている」

吉野照蔵さんの晩年、会えば、「毎日、何をしている」といつも最初に笑顔で話しかけられた。そのころ吉野さんは外出を控え、奥さんと静かな日々を過ごされていた。その気持ちはよくわかっていた。それで、「まあ、いろいろ……」と、あいまいな返事をしていたが、この日は「今、ここにいますよ」と、笑いながら答えた。

「そうか」

「絵を描いたらどうですか」

「何を描くのだ」

「とりあえず、私の顔を描いたら、どうですか」

とっさの思いつきであった。すぐに、内ポケットから手帳を出し、裏表紙を破り、手元の鉛筆と一緒に手渡した。

すると私を見つめ、一、二分でさっと描かれた。

受け取って驚いた。顔の上に私の名前、下に「百歳　ヨシノ」の文字と日付が書いてあった。

「ありがとうございます。大切にします」

私はいつもベルトに付けている小型カメラを出した。吉野さんは愛想良くにっこりと笑顔を向けられた。

人生にはさまざまな出会いがあり、ふとしたきっかけで岐路に走ることもある。新聞社の論説委員から建設会社へ移籍したのは、当時、親しくしていただいた江戸英雄さんから吉野さんへの一本の電話からであった。その数日後、あるパーティー会場で吉野さんから「待っているぞ」と声をかけられた。そして一か月後に、新聞社を退社し翌日には建設会社の社員になっていた。

すぐに吉野さんの対外活動の補佐役となり、いくつかの業界団体の会長として全国各地の会合へ出向かれるときに同行することとなった。ワシントンで開かれた日米建設協議、バルセロナで開かれた欧州建設協議、香港での建設会議、また

中国視察団など海外出張もあり、忙しい毎日であった。

また、ゴルフにでかけることもたびたびあった。入社直後に三重野康さんと坪井東さんのお二人に誘われ、吉野さんと一緒にラウンドした。帰り際に「土産物を渡せ」と言われ、「用意しておりません」と答え笑われたこともある。

六十歳の会社の定年を機に退社。その翌日、「物書きに戻る」と宣言し、学生のころよくご自宅を訪問し謦咳に接した師、佐藤春夫の記念館のある新宮へでかけた。そして、大学の非常勤講師をしながら雑誌に連載小説を書くなど忙しい日々を送ることになった。また、その後も吉野さんとパーティー会場などでお目にかかることがあり、年に一、二回はご自宅を訪問し、歓談の時間をもってきた。

顔を合わせても仕事の話は一切せず、庭で育てられている花や散歩の話が多く、ご自宅近くの店で二回ウナギをご馳走になったこともある。その際、「君、食べるのが早い」と注意されたこともある。

会社を離れられて数年後のある日、お目にかかるなり、

「おい、おれ、全部忘れたよ」

と、話されたことがある。それに、私はすぐ、

「よかったですね」

と、笑顔で答えた。何を忘れられたのかは聞かなかった。

人生には思いもかけない出会いがあり、予期しなかった岐路に立たされることもあるものだが、吉野さんとの出会いもその一つであった。「百歳　ヨシノ」のサインのある私の似顔絵スケッチを見るたびに、「今、何をしている」と問いかけられているように思う今日この頃である。

まじめな学生の夢の叶う世の中を願う

チャイムと同時に授業を始め、終業のチャイムで終わる。毎回授業の後半に短文を書かせ、採点して次の授業で返却するほか、毎週課題（宿題）も出している。三回続けて休んだ学生には学生課から呼び出しをかけフォローしている。

「先生の授業は始まるのが早い」とか、「えっ、毎回宿題かよ」とぼやいた学生も、二、三週目から文句を言わなくなった。

遅れないで授業を受け、課題をきっちりとやったほうが自分のためになるとわかったからだろう、と勝手に思い、そんな学生には前の席に座るよう指示している。

社会経験を生かして、大学の教壇に立って二年目になる。担当は日本語表現研究。必修科目で、自分の考えや客観的な事実をいかにわかりやすく、正確に表現するかがコミュニケーションの基本で、これがきちんとできれば君の人生はより豊かになり生きているのが楽しくなると、技術論にこだわらず幅広い知識と教養を身につけるよう指導している。

最初の授業で書かせた短文で、各学生の能力や考え方がだいたいわかるので、しばらくしたら個別に指導する。なかにはへそ曲がりの学生もいるが、誠意をもって接すれば、わかってくれる。

授業の終わったあと何人かの学生が「ありがとうございました」と挨拶をして出て行く。最初のころは、厚底サンダルを履いたガングロ顔がいたりして驚かされたが、今はいない。

この大学の特徴は、海外からの留学生の多いことで、Aクラスは二十人中半分は韓国、台湾、中国、インドなどからの留学生が占める。

これら留学生は本国で大学教育を終え、さらに専門学校などで日本語教育を受けている。

日本の学生より少し年上ということもあるが、それぞれ目的意識をもっており、学ぶ態度も真剣である。

授業は、留学生についても全く同じに行っている。そのほうが留学生にとっても良く、また日本人学生の刺激となっている。教室で接する限り、物の考え方、人を思う心など日本人と何ら変わったところがない。

こうした学生時代の交流は将来の良い人間関係につながっていくものと思われる。

留学生は、見たところ質素でほとんどが何らかのアルバイトをしていることからもおおむね経済的に恵まれていないようである。上海出身の女子学生は、母親が米国本土でメイドをして学費を送ってくれる。

私がたまたま上海に行く用があって、土産に地元の駄菓子を買ってきて、「おばあちゃんから預かってきた」とあげたところ、涙を流して喜んでいた。

この大学のもう一つの特徴は、中国、韓国、オーストラリアなどの複数の大学と提携して、それぞれ単位を認めて交換授業を行っていることで、クラスから毎年二、三人が選ばれて留学している。

学生の中には、入学のときから留学を志している者もおり、そのことが勉強の励みになっている。

　ひと口に国際交流というが、学生のころにきちっとした制度に基づいて海外留学を体験することが望ましい。もっと広げたらよいと思っているが、実際どうなっているかは知らない。

　東京から京葉線で二十分足らず、大学の建物は新しいマンション群に取り囲まれている。千葉県とはいえ、東京へ通うサラリーマンのベッドタウンの中にある。私の担当クラスでいえば、日本人学生の半分近くは県内出身で、自宅から自転車で通っている。まじめでスポーツやボランティア活動にも熱心だと聞く。留学生に刺激されてか、海外で働くことを夢見ている学生が多い。しかし、現実はそんなに甘くないと、学生も自覚している。

　私が携わっているのは、ほんの一部に過ぎないが、まじめな学生の顔を見るとき、一人ひとりの夢が実現する世の中であってほしい、と願う。

心通えば皆楽し

見渡せば花も紅葉もなかりけり浦の苫屋の秋の夕暮　藤原定家

秋も深まるとこの歌を思い出す。あの美しかった花や紅葉は、と思うと急に淋しさがどこからか押し寄せてくるような感じにとらわれる。

自然の移り変わり、環境の変化は人の心に微妙に影響を与えるものだ。

若いころ、ふと知り合った女性と晩秋の一日、湘南の海辺に遊んだ。日が沈むと見渡しても花も紅葉もなかった。夕闇が迫るなか、足を浸すと、海の水は冷たかった。せめて女性と心が通えば、と思ったものであった。今にして思えば、二人は若く、心が通うには時間が不足していたのであろう。

数年前の夏、一人欧州旅行をした。パリの安ホテルに二泊、荷物を預けたまま南仏のアビニョンに一泊旅行、夜の十時過ぎ、パリのホテルに戻った。慌ただしい旅の疲れに、「やあ、お帰りなさい。日本人のダンナ」という愛想の良いフロント・マネジャーの声がうれしかった。

とっさに、「何かボクにメッセージはなかったかね」と、冗談まじりに言った。

「あっ、そうだった。君の友人が一時間も前からロビーで待っているよ。名前は何といったかな」

「えっ、ボクに友人が」

思わずロビーを振り返った。小さいホテルのこと、カウンターのやりとりが聞こえたのであろう。若い女性がにっこり笑ってソファーから立ち上がると、ゆっくり近づいてきた。

「君の友人は美人だね」

「彼女がボクの友人ならばね」

「そうに決まっているではないか。彼女は君に逢えて喜んでいるよ」

すっかりのせられたと思いながらもフロント・マネジャーを憎めなかった。旅先で朝晩何回か顔を合わせたことでフロント・マネジャーの気持ちがわかるような気がしたからである。フロント・マネジャーも同じだったのであろう。良し悪しはともかく、接客係としてベテランのフロント・マネジャーがその術を心得ていたからであろう。

年を経るにつれ、男女の仲に限らず何事も心の通うことが大切だと思うようになった。世の中は広くさまざまである。できることなら、自然に心が通うのが望ましい。しかし、時には心が通うことを願って、努力することも必要であり、そのための術を学ぶことも大切である。

長い新聞記者生活のなかで、気の合う友人が集って飲んだりゴルフをして楽しむ会もいくつかできている。

その一つは、大手町会と名乗って年一回勉強会を開いている。そのつど幹事を決め、原子力発電所を見学したり、コンピュータ工場を視察したりする。週末の早朝にでかけ、午前中びっしり講義を聞き、午後現場を見る。その夜は懇親会を開き、翌日ゴルフを楽しむ。懇親会でのマージャンの〝寺銭〟でゴルフのカップを買う。勉強会、懇親会、ゴルフの三つをセットしなければいけないので幹事は大変である。

しかし、この会は絶対に無理や強制をしないことになっている。自然に心の通う人間が集った会なので、大概は電話連絡だけで準備は終わる。当初は懇親会が中心だったが、かれこれ十年近く続いている。勉強会とは別に、メンバーが気が向いたとき集まって酒を飲むこともある。費用はすべて会費制、なるべく安くあげるため、メンバーの会社の寮などを利用することもある。

十年も経つと、メンバーも入れ変わる。転勤もあれば、途中で気が変わったのか誘っても出席しなくなるものもいる。子会社の役員になった人もあれば、銀行の支店長、部長という要職についている人もいる。肩書を問題にせず気軽につきあう。それでもこの会が続いているのは互いにメンバーの良いところを認め合う心が通っているからではないか、と思う。

人数は少ないが、家族ぐるみのつきあいをしているグループもある。家族ぐるみとなると、本人同士より妻たちがどこかで理解し合い、心の通う何かをもつことが望ましいようだ。それは料理であったり、音楽を聴くことであったりする。互いに相手の良い点を認め、尊敬の念をもつようになると、会話もはずみ、うまくいくようだ。

時に自宅に招く方の中には、「うちの主人は飲めないので私が――」と笑いながらワインを二本くらい軽く空ける酒豪の夫人もいる。飲めば口も軽くなり、主人をほめたりけなしたりする。心が通うことは互いにそれだけリラックスすることなのであろう。

小学生の長男をカブスカウトに入れたら、さっそくデンダットになってくれと頼まれ、半年ばかり毎日曜日集会に参加した。ある夏は伊豆の山中で三日間のキャンプも体験した。キャンプの目的はカブスカウトの集団訓練だから、朝早く起きての山歩きや夜のゲーム大会に積極的に出なければいけない。顔見知りとはいえ、あまり知らないリーダーやほかのデンダットと寝起きを共にし、協力しないと訓練はうまくいかない。

キャンプに参加してわかった。カブスカウトはよくしたもので、リーダーが先頭に立って、まず参加者が意気投合するように朝のあいさつから食事のときなどあらゆる機会をとらえて、そのチャンスを与える。リーダーはその術を心得ていた。時には、なかなか心を開かないスカウトのために、繰り返し歌を歌い励ます努力を怠らなかった。最後の夜、キャンプファイアで、リーダー、デンダットを含め男子は全員が上半身裸で土人の踊りを楽しんだ。

さて、心が通うのは、何も人間関係だけではない。自然の中に、街並みの中に人の心を見つける楽しさは格別だ。

よく、下町の狭い路地に人間のぬくもりがある、という。軒下にさりげなく並べられた鉢植に咲いた花。おじいさんかもしれない。おばあさんかもしれない。誰かが毎朝、水をやっているのであろう。そこに長年にわたって培われてきた住む人の心が偲ばれる。

こうした古い木造住宅の立て込んだ下町はいずれ建て替えを余儀なくされるのであろう。そのとき、今残る下町風情がどれだけ保たれるか、あるいは、住む人とともに変わり、また、新しい風情が生まれるのだろうか。

ある年の秋、民間の「欧州都市住宅視察団」に参加して欧州都市各地の街並みを見学した。欧州の都市の建物は概して石造りが多いが、なかには木造住宅があり、修理に修理を重ねて住まわれているものがあった。通りに面した古い建物は法律によって保存が義務付けられており、外壁をそのまま残して中を造り直す工事が見られた。西ドイツ（当時）のアーヘンでは、外壁を古い建物そっくりに造る工事が進んでいた。

古い外壁を残し、あるいは古い建物に似せて建てるのは、新しく建てるより工事費はずっとかかる。それでも、古いものが喜ばれる。伝統を尊ぶ国民性が古い街並みの歴史を温存している。新しく建てる建物の場合も、パリなどは、通りに面した所は建物の高さ、窓の形、ベランダの模様など同じタイプにするように規制している。そうした規制が街並みの景観を保ち、より美しくする働きをしているのであろう。そして、人の心に安らぎを与える。

外国の街並みだけが古き良きものを保存しているわけではない。日本の場合も、京都の街並み、飛騨高山の街並みとそれなりに保存され、古き時代の伝統を今に残している所が少なくない。

新しい街にも、たとえば、東京の原宿や渋谷・公園通りのように、しゃれた建物が街路樹の緑とあいまって近代的な美しさを醸し出している所がある。また、郊外の住宅開発にも街並みに配慮した街づくりが生まれつつある。しかし、そこにどれだけ住む人の心のぬくもりが見られるかというと、まだまだの感は否めない。

原宿や公園通りは、そこに住む人というよりは、そこに集まってくる若者たちの街であり、人通りがなくなるとそこは淋しい街に一変する。だが、こうした街はいわゆる盛りの街で、どこも同じようなものだ。それはそれでよい。若者の心を引きつける魅力的な新しい街並みができたことは素晴らしいことだと思う。

問題は、住む街並みで、一部都心の高級マンションを除き、再開発で建てられるマンションは全体の調和に欠けるものが多い。周辺の街並みにマッチし、街並みをより美しくするようなものは少ない。住む人の心が偲ばれ、こんな所に住みたい、と思うようなマンションはめったにないのである。

その原因の一つは、マンションなどの建築が都市計画法や建築基準法で規制されているというものの、それは都市の景観や住む人の心まで配慮したものになっていないからではないかと思う。また、供給過剰気味のマンションは、まず即日売れることを最大の課題に設計され、建てられている。このため、外観や玄関などの面で街並みと調和を保とうとする余裕はもともとないようだ。

厳しい財政事情を背景に、民間活力を生かした都市再開発の推進が重要な政策課題になっている。ここで望まれるのは将来の都市景観を展望した都市再開発の具体化である。ただ規制を緩和して民間企業が事業をしやすくするだけでは先行きが心配だ。民間企業が良い意味で活力を発揮するのは、公園通りなど若者に人気の街として街そのものが魅力をもってきた所である。

伝統的な人間のぬくもりが残っている下町において、その雰囲気を生かした再開発が民間企業だけの力でできるか、というと大いに疑問である。防災の観点からもいずれ下町の再開発は緊急を要する問題となってこよう。また、東京、大阪の都心部に残る多くの木造賃貸アパートの建て替え、再開発も緊急を要する政策課題である。これらの建て替え、再開発にあたって、人間の住む街として、心通う街並みをぜひ造ってもらいたいものである。それには、単に規制を緩和して民間にまかせるのでなく、良い意味での行政の関与が望まれる、ということである。

人の心が通う楽しさは、多分に住まいに影響されがちだ。自宅に友人の家族を招こうにもそれだけの広さがないとうまくいかない。また、いくら広い住まいでもあまりに遠く交通の便が悪い所でも困る。やはり都心に近い所に適当な広さの住まいが望まれる。そして、人の心がより通うようになれば、住む人たちが積極的に自分の住まいを、住む街を美しく大切にするようになるだろう。

「ボクはこんないい家に住んでいる。こんな美しい街並みに、こんな便利な所に」と、自慢して友人に語れるようになることが望まれる。

A友人が紹介した新しいB友人が言った。

「今度、ぜひ、私の家に来てくださいよ。ちょっと駅から離れてわかりにくいけど、詳しい地図を書きます。そう、マージャンをやりませんか」

招待を喜んで受けた私は、別の私の友人を誘って行った。B友人の家はごく普通の家で、年老いた母が温かく出迎えてくれた。そして、数か月後、パリへの転勤が決まったA友人の送別を兼ねて、今度はC友人の家でマージャンをやった。

B友人は大学の助教授から教授になり、今売れっ子の経済評論家として活躍している。中央銀行に勤務するA友人は今本店の課長、C友人は都市銀行の支店長として忙しい。マージャンといってもなかなか四人はそろわない。それでも互いに自宅でマージャンをやった思い出は忘れられない。心の通う楽しい場がそこにあったからである。

山里は冬ぞさびしさまさりける人めも草もかれぬと思へば　源宗于朝臣

自宅に人が訪ねて来てくれるのはうれしい。昔も今も人の心にたいして変わりはないのであろう。

生と死

心を和ます幼子の笑顔

誕生して数か月の二人の幼女のほほえみに和まされ、幸せな気持ちになった。福岡で結婚して一年になる長男の初孫と数年前に嫁いだ娘の二人目の子どもで、ふと目を合わせたときに見せる無垢で天真爛漫な笑顔は美しく何とも喜ばしい。

「怒りは動物の情、笑いは人間の情」といい、赤ちゃんの笑い顔や泣き顔は左右対称的なのに、成長し年齢を重ねるにつれ笑顔も変化し、相手を意識して嘲《あざ》笑ったり、意味ありげにウィンクしたりするときの人の顔は左右対称ではないという。

同じ笑顔でも、苦笑いとか作り笑いの表情は見るからに不自然で、いつもそんな顔を見せられると不快になるものである。

また、よく人と話すときは相手の「目を見て」話せといわれる。赤ちゃんが笑顔を見せるときは、しっかりと両目を開けて相手の顔を見つめている。

顔の表情はその人物の人柄や心を表す。顔を見ないと、その人がどういう人か理解できないもので、相手の目を見て話すうちに、打ち解けてくることがある。そして、互いに心が通えば楽しくなり、自ずと表情が和み、笑顔になり、幸せな気持ちになるものだ。

とはいえ、いつも笑ってばかりいられないのがこの世の現実である。とりわけ、何かの原因で、意に反して笑顔が表情に出なくなったときのその人の悲しみ、苦しみはいかばかりかと思いやられる。

定年を前に地方の関連会社の社長になった友人との最後の食事が忘れられない。

友人は秋の夕刻、「今、羽田に着いたところだが、今晩、ぜひ会って話したい」と電話してきた。そして、顔を見るなり彼はまじめな表情で言った。

「おれの顔をよく見てくれ。おれは今、君に久し振りに会ってうれしく、笑っているんだ。わかるか——」

私は、彼の目をじっと見つめるが、顔の表情は少しも変わらない。

「どうしたんだ」

「神経の病気だというんだが、会社で部下と会っても、また、夜に仲間と酒を飲みながら話しているときも、妻と向き合っているときも、顔の表情が同じなのだ。もう社長でいられない。どこか人と会わずにいられる所へ行きたくなった。わかるか——。おれの今の気持ちが」

私は、一瞬、返す言葉を失っていた。彼の発する言葉に、持って行き場のない怒り、心の苦悩が凝縮していた。

「うん――。わかるが、無理に笑わなくたっていい。奥さんは君の気持ちをわかってくれるだろう。また、会社の部下も……」

「そう信じたい。そう思いたい。でも、そうは、いってもだ――」

私はまた、返す言葉がなかった。そっと手を伸べ、彼の手を無言のまま握っていた。

数日後、彼は退職し、地方の病院へ入院したとの葉書が来た。そして三か月後、奥さんから「亡くなったら知らせてくれと言われていました」との連絡があった。すぐに案内の葬儀場へ駆けつけ、納棺された彼と対面した。安らいだ顔に向かって、「君の笑顔をずっと覚えているよ」と心に呟いていた。

人間、いつかは死ぬ。いつ何が起こるかわからないのが人生といえよう。

新年を迎えると、私は能舞台で演ぜられる翁の面を思い浮かべる。白い肌に流れるように刻まれている顔の皺も美しい。白式尉《はくしきじょう》である。眼と切顎式《きりあごしき》の口元のあたりに、穏やかな笑みを浮かべ、柔和で幼子の笑顔を彷彿させる。

我々はどこへ行くのか

「先輩は、どこへ行かれたのだろう」

ふと、不思議な思いに駆られた。

告別式を終え、霊柩車が多くの参会者に見送られ、静かに動き出したときである。

寒い日が続いたからだろうか。今年に入って長年親しくしていただいた三人の方が相次いで亡くなった。その一人から頂いた年賀状には、「お元気ですか」と書き添えてあった。

祭壇中央に飾られた遺影は美しく、澄んだ瞳を輝かせ、今にも何かを語りかけるようであった。急な死だったのだろうかと遺影を見上げていると、若いころ夜遅くに自宅を訪ね、酒を酌み交わしながら談笑した日が懐かしく思い出された。

帰宅する電車の中で、ゴーギャンが死を決意して描いた大作「我々はどこから来たのか、我々は何者か、我々はどこへ行くのか」を思い出した。

この絵は、知恵の木の実を採るイヴとみられる両手を挙げて果物を採る一人の人物を画面中央に、その右下に赤ん坊、そして左下に老婆の姿を描いて、誕生から死への「人間」の歩みを暗示したものという。

数年前に東京の美術館で展示されたことがある。南国・タヒチで描かれたもので、野性的なその絵になぜか惹かれる。ゴーギャンは、この絵を仕上げた翌年に亡くなった。

先輩の元気なころの姿を思い巡らしているうちに、「いつ飛驒へ戻って来るのだ」と聞いた母の言葉を思い出した。現役で忙しく働いていたころで、母は七十代後半であった。

当時、若くして奥飛驒から都会に働きに出た者は、ある程度の年齢に達すると家族を伴って帰郷する。それも親の元気なうちに。それが親孝行といった古くからの慣習があった。

そのとき、「そうだな……」と、あいまいな答えをした記憶がよみがえる。母の気持ちに応えられなかったのを、今ごろになってすまなく思った。

「ハハ　キトク　スグカエレ」

という突然の電報で、慌てて帰郷したことがある。母が八十五歳で亡くなる二年ほど前の話である。

そのとき母は元気で、きちんと着替え、鴨居の上に父の写真を飾った自分の部屋で、座

布団の上にちょこんと正座して待っていた。駆けつけた私の顔をじっと見つめていた。そして、しばらくして——、

「よう来た。顔をよう見たから、今度キトクの電報が来ても慌てて帰らなくてもよい。葬式に間に合えばよいからな」

「何だ……」

と、ほっとする私に向かって、母はまじめな顔で、

「この間、川の向こう岸にいる父ちゃんに会った」

「えっ、父ちゃんに……」

「手を振っているので、慌てて行こうとしたら、まだ来なくてよい、と言ったので戻ってきた」

唖然としていると、母は振り返って父の写真を見上げ、

「父ちゃんは七十二歳で亡くなったとき、私は四十九歳でまだ若かった。今逝くとおばあちゃんになったな、と言われるかな」

私は、突飛な問いかけに戸惑い、

「そんなことはないよ。よう来たと喜ぶよ」

「そうかー」

母が、キトクの電報で私を呼び寄せたのは、父の話をするためだったのだと思った。

代々続いた石屋の五代目だった父は、二十九年連れ添った先妻に子どもができなかったため、「何としても跡継ぎが欲しい」と二十三歳若い母と再婚した。父の亡くなったあと、「四人の子どもができたから、いつ死んでも安心して置いて行ける」と話していたと、母から聞いたことがある。

そんなことがあった二年後に、母は自宅で静かに亡くなった。私が駆けつけたときは、お棺に収まっていた。その顔に「父ちゃんが待っているよ」と、大きな声で言った。母は、間違いなく父の元へ行ったと思っている。

「我々はどこへ行くか」――

その夜、手元にある書物を気の向くまま繙いてみた。

シモン・ペトロがイエスに言った。

「主よ、どこへ行かれるのですか」（ヨハネ福音書・一三・三六）

「最近よく、『浄土はあると思うか』という質問を受けるようになった。これが困る。まことに答えにくい」（山折哲雄『地獄と浄土』）

「――死後の世界は未知の国だ、旅立ったものは一人としてもどったためしがない、――ハムレット」（小田島雄志『シェイクスピアへの旅』）

妖怪漫画家の水木しげるさんは、「明日訪れるかもしれない《死の世界》で道に迷わないようにしよう」と『あの世の事典』を書いた。「どうしたわけか、地獄についての想像が、かなり迫力があり、多彩だが、天国とか極楽のほうは、ほとんど驚くようなことが何もないというほど貧弱なことだ」と、その「あとがき」で述べている。

また、芥川龍之介の『蜘蛛の糸』に出てくる極楽の風景はどこか淋しげで、菊池寛が『極楽』で描いた極楽はいつまでたっても何事も起こらない退屈な所のようだ。

「死者は、賽の河原を通り、三途の川を渡って、冥土へ到達するといい、この世からあの世へ行くのに断絶がない。――（一方）、生と死との間には断絶があると心構え、――死者は地上から天国へ昇天する」（時実利彦『人間であること』）

以前、バチカンのシスティーナ礼拝堂でミケランジェロの超大作「最後の審判」を目の前にして立ち尽くしたことがある。キリストと聖母マリアを正面中央に据え、左側に救われてよみがえる死者たち、右側は、救われず地獄へ行く者ども。その迫力に圧倒されたのだった。

「人間は青年で完成し、老いるに従って未完成になってゆき、死に至って無となるのだ」（『人間臨終図巻』山田風太郎）

「私たち人間の死とは、個性をもった人格者の消滅である。――幸福とは結局自己充実の喜びだ――一日一日を、生き甲斐を感じて生きていくことだと言ってよい」（『人間であること』谷川徹三）

先日、日本橋三越の画廊で、百二歳にして元気な笑顔の日野原重明さんに出会い言葉を交わした。部屋の壁に「癒されしことの神への感謝の祈り」の書が掛けてあった。日野原さんは、「百歳を超えたら新しいことを始めなさい」と多くの新老人に勧められ、ご自身は、百歳を機にゴルフと俳句を始められたと聞く。

「どうせ年をとるのなら、陽気な笑いで、この顔に皺をつくりたい、いのちをすりへらす溜息で心臓を冷やすより、楽しい酒で肝臓をほてらせたい」（小田島雄志・訳『ヴェニスの商人』）

そうだ、「どこへ行く」かは――、今をどう生きるかである。夢を抱いて明日も楽しく生きることにしよう、と床に就いた。

秋深し　邯鄲の夢

木の間よりもりくる月のかげ見れば　心づくしの秋は来にけり　古今和歌集
わがために来る秋にしもあらなくに　虫の音聞けばまづぞかなしき　同
目つむりて邯鄲の声引きよせし　上村占魚

ときに歌集や句集を繙いたとき、「ああそうだ」と思いたち夕暮れに散策すると詠み人の気持ちがより伝わり楽しい。

月明かりのもと樹木の茂る自宅近くの公園の池沿いの小道をゆっくり歩くと草むらから虫の鳴き声がする。コオロギか、鈴虫か、キリギリスか、それともカンタンだろうか。いろいろな虫の透き通った鳴き声が鈴の響きのように聞かれる。

ルルルルル……澄んだ鳴き声がしたらカンタンだ。そっと草むらにしゃがみ耳を傾けて鳴き声を引き寄せる。心に沁み入るようなほのかな鳴き声で聞いていると無性に故郷が恋しくなり、若いころ過ごした奥飛驒の生家の裏庭でカンタンがしきりに鳴いていたのを懐かしく思い出す。

カンタンは鳴き声がしてもその姿を見られることはあまりない。何年か前、いちど見たことがある。浅い緑色の細身に薄絹をまとい、見るからに哀れみを乞うようなかよわい姿をしていた。

カンタンの声を耳にすると、私は「邯鄲男《かんたんおとこ》」の能面を思い浮かべる。眉間にしわを寄せ、思い通りにならない現実に悩む若い男の顔つきが気になるのだ。

カンタンは、中国では天蛉と呼び、漢字で邯鄲と書く。邯鄲は中国・河北省の地名で直接関係ないが、その美しい鳴き声や短命なことが中国の故事「邯鄲の夢」で語られる「この世での栄華のはかなさ」と通じるものがあるようだ。

この故事を題材とした謡曲「邯鄲」はよく知られる。能面の「邯鄲男」はこの曲に使うために作られた。「人生とは何ぞや」と、思い通りにならない現実に悩む憂愁味を偲ばせる若い男の面だ。

物語は、蜀の国の青年盧生《ろせい》は官吏登用試験に落ちるなどままならない人生の問題に悩み、求道の旅に出て邯鄲の里で泊まる。宿の女主人の勧めで仙人が置いていった〈邯鄲の枕〉

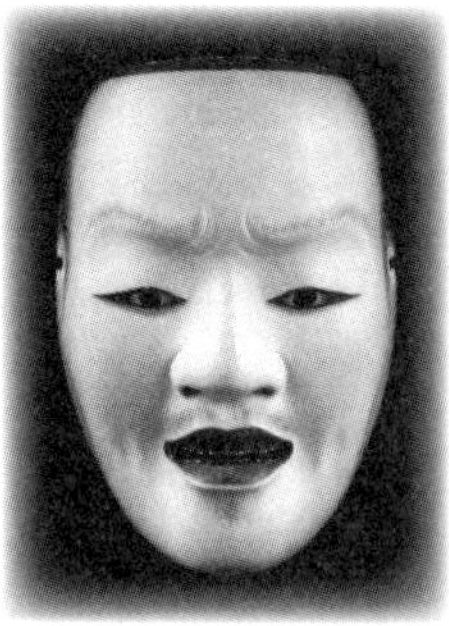

岩崎久人作「邯鄲男」

を借りて午睡をとる。すると楚国の王からの迎えが来て、盧生は王位にのぼり、五十年の栄華の生活を送った。ところがそれは、宿の女主人が粟の飯を炊く間に見たひと時の夢にすぎなかった。

「百年の歓楽も、命終れば夢ぞかし、五十年の栄華こそ、身のためにはこれまでなり。栄華の望みも齢の長さも、五十年の歓楽も、王位になれば、これまでなり。げに、何事も一炊の夢」と、枕を見つめる。

そして、「げにありがたや邯鄲の、夢の世ぞと悟り得て、望みかなへて帰りけり」。

この物語を読んで、「ああ、そうか」と悟り、「よくわかる」と納得するのはどうか。今の時代、一度や二度失敗しても、それで挫折してしまうようでは生きのびられない。一つの夢が破れたら、次の夢に向かってチャレンジしたい。

芥川龍之介の同じテーマを題材にした短編小説『黄粱夢《こうりょうむ》』の末尾はおもしろい。

「夢だから、なお生きたいのです。あの夢のさめたように、この夢もさめる時が来るでしょう。その時が来るまでの間、私は真に生きたと云えるほど生きたいのです。あなたはそう思いませんか。」

この世に生まれたからには、誰もが「真に生きたい」のではないだろうか。そう願って、日々精進すれば、そのうちすべての人にチャンスが巡り来て、夢は叶う。

虫の鳴き声を聞いての帰途に、あれこれ一人思い巡らした秋の夜であった。

日は昇り、日は沈み　あえぎ戻り、また昇る

晴れ渡る天空に浮かぶ富士山を眺めたい、露天風呂につかりながら夕日を眺めたい——と、沼津から松崎へ西伊豆の海岸沿いの曲がりくねった道をドライブした。

朝のうちから「春の海終日《ひねもす》のたりのたりかな」（蕪村）を思わせる麗らかな日和で、何か所かの岬に立って遥か駿河湾の先を眺めるが霊峰富士は海の上から広がるうす雲に姿を隠したままであった。

夕日が美しいという松崎の海沿いのホテルに着き、早速、露天風呂につかりながら暮れゆく西の空を眺めた。数羽のカラスが澄んだ声で鳴きながらこんもりと樹木の茂る小高い丘の弁天島へと飛んでゆく。のどかな春の日である。

ほどなくして、淡い茜色に染まる薄霞を透かして橙が水平線の上にぼうっと浮いている。

実に美しい眺めである。「湯に入りて春の日余りありにけり」（虚子）と、つい長湯してしまう。

部屋に戻って窓辺に寄って海辺を見つめる。明るいうち鳥の声が多く聞かれた右手の弁天島は静寂な闇にすっかり覆われている。橙色に染まった夕日はじっとしている。

一人その静かな美に目を凝らしているうちに、旧約聖書の一節を脳裏に思い浮かべていた。「日は昇り、日は沈み　あえぎ戻り、また昇る」（コヘレトの言葉）――。そして、「また、この夕日を見に来よう」と思った。

「日は、また昇る」の言葉が好きだ。若かったころの出来事を思い出すことが多くなった今、「また……」と言われた言葉を戴いて、よかったと思うからである。

人生は出会いである。出会った人のひと言で、人生が様変わりすることもある。

佐藤春夫は、最初にお目にかかった日の帰り際に「ひと月ほどしたら、またおいで」と声をかけてくださった。その「また……」のひと声が私の人生の転機となった。

最初の本を出版したとき、飲み会を開いてくださった三重野康（元日銀総裁）さんは、会うたびに「また飲み会を開きましょう」と声をかけては執筆を促された。そして、出版記念会を二回も開いた。

コヘレトの言葉は、「昔の方が良かったのはなぜだろうかと言うな。それは賢い問いではない」と戒めている。人は生まれ、やがて死を迎える。そのときは、選択できない。人生はこれからだ、といつも思うことにしている。友人と出会って、別れるときは「さようなら」とは言わず、「また会おう」と言葉を交わす。海外で see you again と、別れた友人は今もよく記憶しており、どこかで「また」出会うような気がしている。

現代のバベルの塔を思う

さあ、天まで届く塔のある町を建て、有名になろう。

（創世記十一章）

読書に疲れたときなど、手元の画集を開いて眺める。たまたま目に留まった絵に強い印象が残り、何かのきっかけに鮮やかによみがえることがある。最近ではウィーンにある美術史美術館の画集で観たピーテル・ブリューゲルの「バベルの塔」である。すぐれた絵画、とりわけ画家が精魂込めて描いた宗教画には深い思考が読み取れる。

私はこの絵を見るたびに描かれた建物の天を衝くような巨大さに圧倒されると同時に、描かれた建物のあちこちに倒壊の危険を露わにしているような所があり複雑な思いに駆られる。

夏の晴れ上がった昼過ぎであった。東京・内幸町のビルの一〇階にある行きつけのレストランの窓際の席に着いたとき、ふと深い思いにとらわれた。目の前に開ける日比谷公園から皇居前広場へと連なる木々の緑の先に見える丸の内、大手町界隈のビジネス街がすっかり超高層ビル街に変貌しているのに気づいた。その眺望に天まで届く塔を建てようとして、神の怒りを買ったバベルの塔の物語を思い出したのだった。

以前、上海の和平飯店七階のレストランの窓から黄埔江の向こうに建築中の超高層ビル群を眺めていたときも同じような思いに駆られたことがある。世界一高いビルの建設に情熱を燃やす男の物語、小説「上海霧の摩天楼」を書き出したころで、超高層ビルの上にいつも霧が漂っているように見えたのが瞼に浮かぶ。

超高層ビルの中には、ひときわ抜きん出るように目立つものもある。眺めているうちに、最近の超高層ビルは現代のバベルの塔のように思えてきた。ひときわ高いビルがブリューゲルの絵と重なる。何回も読んだことのある旧約聖書のバベルの塔の物語の記憶がよみがえってきた。

「彼らは、『煉瓦を作り、それをよく焼こう』と話し合った。石の代わりに煉瓦を、漆喰の代わりにアスファルトを用いた。彼らは、『さあ、天まで届く塔のある町を建て、有名になろう。そして、全地に散らされることのないようにしよう』と言った。」

丸の内、大手町に建つ新しい超高層ビルはすべて近代的で、ブリューゲルの描く巨大な塔とは異なって、眺めて不安を抱かせるようなところはどこにもない。建築技術の進歩もあって、大地震があっても超高層ビルの倒壊の恐れはなくなったと聞く。ただ、安全性は保たれるが、地震による揺れは高層階ほど大きい。また、エレベーターは止まり、地上への急な移動は難しくなる。

そもそも日本では地震の発生を理由に高いビルは造らないという認識があったという。そうした長年の慣行が消失し、超高層ビルが相次いで建てられるようになったのは、耐震技術の進歩もさることながら、生活が豊かになってきたからである。最近のより高いビルを建てる動きは高級ホテルや高級マンションにも見られる。高級ホテルも高級マンションも上層階ほど人気で価格も高いという。

ホテルもマンションも高層階ほど眺望は良く、高い所に立つと成功を実感し、多くの人を見下す征服感、自分は偉いと思う満足感が生じる。より高いビルの建つ背景には、目立ちたいという人間の欲望が垣間見えるようだ。

とはいえ、ひとたび地震が起き足元が揺れるときに感ずる不安、恐怖心はぬぐえない。それでも高い所に住みたい人が増えているのは、不安感と満足感が共存するなかで満足感が優先されているからであろう。

「バベルの塔」の物語は、示唆に富み幾多の暗示を与える。超高層ビルは文明の象徴であり、現代のバベルの塔とは思われない。その背景に、「有名になろう」という驕りが見えなければ。

天国の妻とエル・グレコの「受胎告知」を観る

エル・グレコの「受胎告知」の前に久し振りに立ったとき、四十五年前、倉敷の大原美術館で妻・浩子と肩を並べて絵に見入った日の感動がよみがえってきた。「恵まれた女よ、おめでとう」といきなり天使ガブリエルから声をかけられ、驚き振り向いたマリアの澄んだ目が美しい。上半身をよじって見上げるマリアの信仰心があふれて見える。

その「受胎告知」の絵が東京の美術館に展示されていると知ったとき、すぐにも観たいと思いながらも、入院中の浩子が気がかりででかけられなかった。美術館へ行ったのは浩子が天国に召された二週間後の四月三日、展覧会最終日の前日で教会からの帰り。倉敷の大原美術館での印象を胸にじっと絵に見入った。

大原美術館でエル・グレコの「受胎告知」に出会ったのがきっかけで、私はトレドを三回訪ね、エル・グレコの多くの宗教画と対面した。いちどは浩子も一緒で、タホ川沿いの高台からトレドの街を眺め感慨にひたったたのが思い出される。

その後、マドリードのプラド美術館、パリのルーブル美術館、フィレンツェのウフィツィ美術館、サン・マルコ修道院など多くの美術館で多くの「受胎告知」の名画の前に立ち尽くした。正面に立つ私の隣にはいつも浩子がいた。

多くの受胎告知の絵画の中でもエル・グレコの「受胎告知」は、天使が雲に乗っているなどドラマチックで、清らかで静謐な印象に包まれるサン・マルコ修道院のフラ・アンジェリコの絵とは対照的である。浩子が天に召されてまだ日も浅いこともあってか、この日のエル・グレコの絵は強く私の心を揺り動かした。

天使に「見よ、あなたはみごもって男の子を産むでしょう」と告げられたマリアは「どうして、そんな事があり得ましょうか」と問いながらも、「私は主のはしためです。お言葉どおりこの身に成りますように」とすべてを受け入れた。

浩子は神戸のミッションスクール出身で、学校の宗教部で聖書を学んだ。いつも手にしていた当時の聖書の栞を挟んだページを開くと、「祈りのとき、信じて求めるものは、みな与えられるであろう」（マタイ二十一―二十二）のところに赤鉛筆で棒線が引いてある。私は、その言葉を心にエル・グレコの「受胎告知」を見つめていた。

白梅・紅梅の咲くころ

今年も白梅、紅梅の二本の梅の木が美しく咲いていた。横浜・都筑中央公園に隣接した大学病院・緩和病棟の庭の梅の木。朝から晴れ上がった冬の日の太陽の光を浴び、白梅も紅梅も一年前と同じように輝いていた。

妻は毎日、美しく咲いたこの二本の梅の花を眺めながら穏やかな日々を過ごし、二か月後に天国に召された。その日からもうすぐ一年になる。間もなく『ありがとう』の感謝の言葉と百合の花を彫ったお墓も完成する。納骨式、一年祭を前に多くの妻への思いを胸に梅の花を見にでかけた。満開の白梅と紅梅の木を眺めていると、妻と過ごした毎日が瞼に浮かんだ。

隣接した公園につながる広い庭先に白梅と紅梅が今を盛りと咲き誇っている。見るからに清楚で気品高く咲き美しい香りを放っているようだ。ベッドで半身を起こした妻はつぶやいた。

「朝起きたら、一番に梅の花を見る。眺めていると癒やされるの」

「きれいだね。紅白そろって満開だ。家の庭の梅は、一重の花でまだ小さな蕾のままだ」

一般病棟から緩和病棟に移って二か月、静かに過ごす日々が続いていた。終末は住み慣れた家で、と考え段取りも進めていた。しかし、なかなか口にできなかった。

毎日のように親しくしていた友人、知人が花束を手に訪れ、思い出話や慰めの言葉をかけてくださる。そんなある日、二人になったときつぶやくように言った。

「元気なうちは、一人で頑張ってね」

突然の言葉に返事に窮し、顔を見つめた。

「三歳の二人の子（孫）が中学生になるころまで、元気でいたかったけれど……」

言葉が途中で途切れた。また、返事に窮した。

今、しっかりと話さなければいけない。これまで支えてくれてありがとう、と感謝の言葉を伝えなければ、と心に繰り返し思いながらいざ顔を合わせると口にできない日々。窓際に立って紅白の梅の花を眺めた。

その二日後の夜、病室にサイドベッドを置いて仮眠していたとき、妻の咳で起き上がり顔を合わせた。その瞬間、それまで考えたこともなかった言葉を発した。

「俺は神様を信じているよ。イエス様と言ってすべてを委ねよう。何も心配することはないよ」

その言葉に妻は、寝ていた首を起こし大きく頷いた。そして安らかな顔を向け静かに目を閉じた。

傍らに長男もいた。

「よし、教会の牧師に知らせよう」

発した言葉は、天の声であったと、今にして思う。

連絡した日の夜、牧師夫婦が見舞いに来訪され、その翌日、美しく咲いた白梅と紅梅の望まれる病室で洗礼式を行った。妻は穏やかな表情をしていた。妻はミッションスクールで熱心に聖書を学び、結婚したあとも二人で教会へ通っていたが洗礼を受けていなかった。

キリシタンの踏絵見入る秋深し

秋晴れの午後、久し振りに東京・上野の東京国立博物館を訪れ、「長崎と天草地方の潜伏キリシタン関連遺産」が世界文化遺産に登録（二〇一八年）されたのを記念した「キリシタンの遺品」展を観た。

長崎へは三回訪れたことがある。そのたびに大浦天主堂に行き、美しいステンドグラスの明かりに包まれた礼拝堂に心打たれ、いつか天草地方の教会を見て回り、信仰が受け継がれた土地の風土歴史に触れたいと思いながら実現しないままとなっている。

潜伏キリシタンの遺品となれば、「踏絵」。関連本の写真などでよく見かけることがあっても「踏絵」の実物は目にしたことはなかった。

今回の「キリシタンの遺品」展は、長崎奉行所がキリシタンから没収した信仰にかかわる遺品と、弾圧に用いた踏絵など同博物館が収蔵しているものが展示されている。踏絵はキリシタンが持っていた銅製のレリーフを長崎奉行所が没収し、板にはめて作った板踏絵キリスト像（ピエタ）や真鍮踏絵キリスト像（十字架上のキリスト）、板踏絵聖母子像（ロザリオの聖母）など十点。いずれの踏絵にも重要文化財の朱印が台紙に押してある。

これらの「踏絵」の実物を目の前にして、いつになく感動した。踏絵は描かれた「絵」ではなく、真鍮や銅で浮き彫りしたもので、キリスト像が盛り上がっている。信仰をもった人がその上に足をのせたら、足裏にキリスト像を直に感じられると思われる。じっと見つめていると、厳しい弾圧の中で祈りの生活を続けた人々が、盛り上がったキリスト像の上に足をのせたとき、どう感じたか、そのときの心の動き、葛藤が伝わってくるのだった。

帰宅してすぐ、書斎の本棚の奥から林忠彦の『日本の心　長崎　海と十字架』（集英社）と白川義員の『キリストの生涯』（キリストの生涯刊行会）の二冊の写真集を出し、開いて思いに耽った。

林忠彦は「島々の入江や村の小高い丘に立った天主堂に敬虔な祈りを捧げながら働き続ける信者たち、過酷な弾圧にも転ばなかった強い生きざまが感じられる」風景と表現している。

写真集の最後に磨り減った「踏絵」の写真が載っており、「長崎市の十六番館が所蔵する貴重な遺品。この踏絵を見つめていると、転ぶか、殉教するか、悩むキリシタンの姿が目に浮かび、胸が痛んだ。摩滅したこのマリア像を、いったい幾人の人々が踏んだのであろうか」と林忠彦は解説している。

白川義員の『キリストの生涯』は、新約聖書、旧約聖書に基づき受胎告知教会からキリスト昇天に至るまでの生誕、宣教、受難・復活・昇天の聖地を撮影した重い写真集。三浦綾子はその末尾の解説「イエス・キリストと私」で、「人生において、恐ろしいことの一つに、信じるという行為がある」と書き出しに述べている。

二冊の写真集を前に、もういちど「キリシタンの遺品」展を観に行こうと思った。

母の日、亡き妻の残した聖書

「明日は母の日だよ」と、仙台駐在の長男が「冷凍ウナギ」を送ってくれた。妻が天国に召されて三年。妻は家族の中心で元気だったころは、母の日、父の日、それに誕生日などの記念日には長男、長女の家族が集まり楽しい食事会を開いていた。今年はコロナの問題もあり、家族は集まれず食事も一人でいつもと変わらないと思っていただけに長男の気遣いがうれしかった。

妻はミッションスクールで学んだ熱心なクリスチャンで、いつも手元に聖書を置いていた。「自分を愛するようにあなたの隣り人を愛せよ」（マタイの福音書二二・三九）の言葉を生活信条とし多くの友人を得ていた。残した聖書は長年にわたって手にしたからか表紙はぼろぼろ、本文は赤線があちこちにあり書き込みも多い。

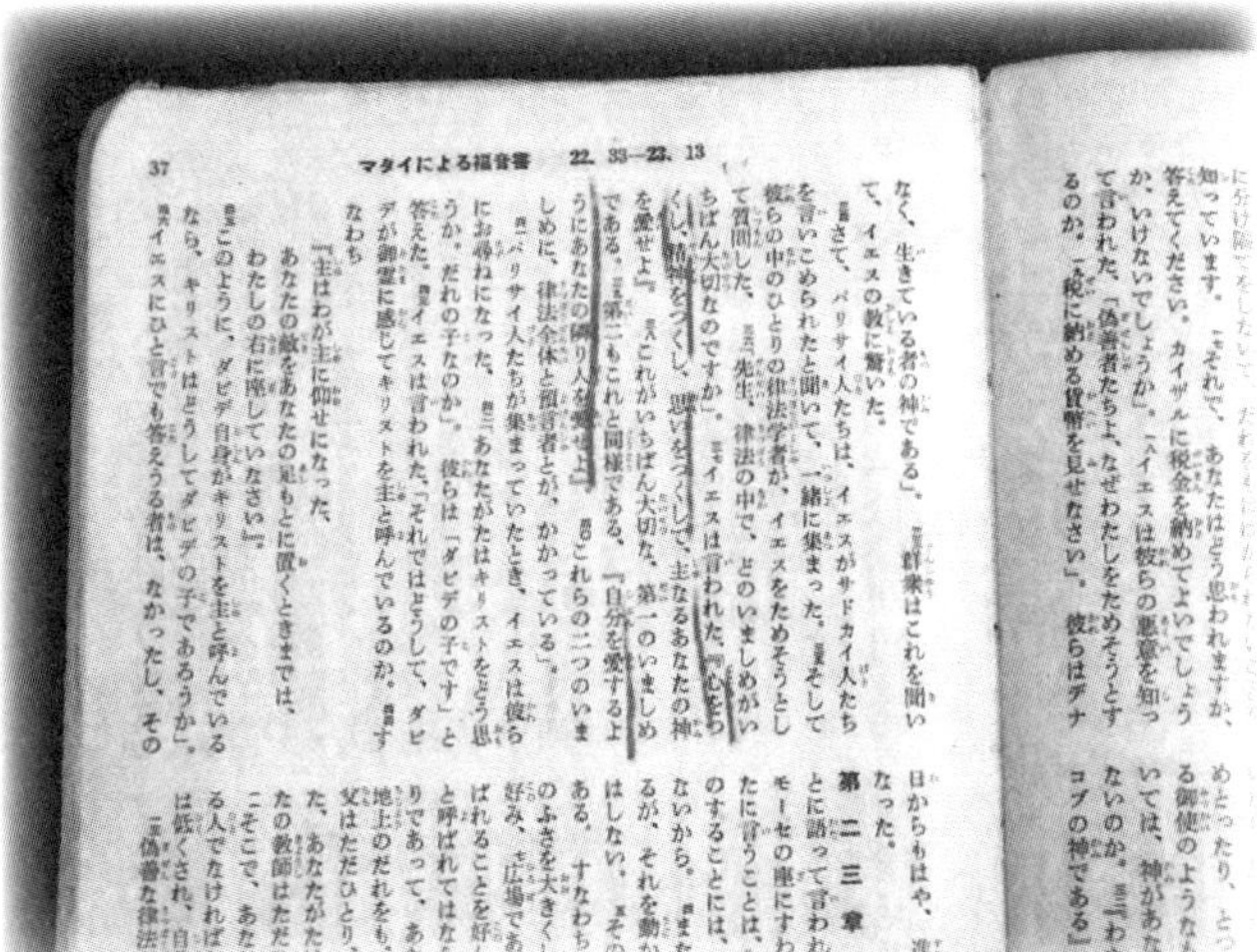

ピリピ人への手紙の「主にあっていつも喜びなさい」（ピリピ人への手紙三・四）のページには「私の大好きな箇所」との書き込みがある。

振り返ると現役のころは仕事に追われ、また休日は部屋にこもって原稿書きに没頭するありさまで、家庭のことはすべて妻に任せていた。「よくやってくれた」と今ごろになって感謝する毎日。今年の母の日は、妻の残した聖書を繙き、「長男、長女もそれなりによくやっているよ」と妻に語りかけながら、一人ウナギを食べることになった。

心の思いを伝えたい

大腸癌があちこちに飛んでいたのが見つかって再入院したという友人を都内の病院へ見舞いに行った。ベッドで点滴していたが、見たところ普段と変わらない様子で、「忙しいときによく来ていただいた」とお礼を言ってくれたのに、いつものように親しみある言葉をかけられず苦い思いをした。友人は数年前、手術したあとすっかり良くなり定年後に再就職した会社で元気に働いていた。

友人とは、ともに成人した二人の長男がボーイスカウトに入ったときからの知り合いで、その後三十年余りのつきあいで毎年末忘年会を開いており、今年の日程を決めたばかりだった。

その夜、私はベッドに横たわった友人に心の思いを伝えられなかったことが気にかかり寝付けなかった。そのうち、ふと佐藤春夫の短編小説「友情」を思い出し、久しぶりに読み直した。

小説「友情」は、若いころから飲み友達だった癌の末期患者と町医者との限りない友情の物語で、二人の魂のふれあいが読む人の心にすっと沁み入るように伝わる名作だ。

人生の終末を迎えた癌患者は、友人の医者に「これまで好き放題に生きてきていつなんどき死んでも後悔はないが、心残りが二つある」と心情を吐露する。

その一つは生まれながらに口が不自由な息子「梅吉」のことで、「梅吉のために何とか身のたつように考えておいてやりたかった」と言う。それに友人の医者は「その事ならようわかっている。みんなと相談して何か手にしかるべき職でも習わせたらどうでしょう」と語りかける。

もう一つの心残りは「先生に対してじゃ」と言って、一生世話になり死に水まで取ってもらうというのに何一つしてあげていないのが心苦しい。それでしるしばかりにもと思って、動けなくなる前にかたみわけに見つけておいたものがある。骨董屋で見た古九谷の急須で、きっとお気に召すと思い、値をつけ手付を置いてあると告げる。

医者はさっそく骨董屋へ寄ってその急須を手に入れたうえ、患者に見せて「これだね。ありがとう。大切にするよ。梅吉の身の上は案じなさるな」と優しく伝える。患者は、そっと横を向き涙をぬぐった。

私はこの小説を東京・目黒の本屋の店先でたまたま手にした文芸雑誌の新年特大号（昭和三十三年）で読んだあと、天の啓示を受けたような心持ちで、さっそく雑誌の編集部へ問い合わせ、教えてもらった佐藤春夫のご自宅の電話番号を回していた。それを機に私は佐藤春夫の家に出入りするようになり私の人生は大きく転換した。

佐藤春夫は最初に会ったとき、小説家への心構えを述べたあと、「ひと月ほどしたら、またおいで」と優しく希望をもたせる言葉をかけてくれた。その言葉を思い出し、友人を見舞いに行ったとき、「月に一回、岡山へ会いに行っていたね。次はいつ行くの。お母さんが待っているぞ」と言えば良かったと思った。

小説「友情」を読み直したとき私は、ほっとした気持ちになっていた。そして真の友情は、相手の心の内を思い、その思いを言葉で伝えることだと思った。

友人は一週間後に亡くなった。私は通夜の席で笑顔の遺影を前に、「君の笑顔はいつ見ても明るいね。忘れないよ」と語りかけた。

あとがき

芭蕉に「さまざまの事おもひ出す桜かな」という句がありますが、木犀の香る季節を迎えると懐かしい出会いを思い浮かべます。

小説を書いている合間に、ふと昔のことを思ったり、ときには散歩中に目にした美しく咲いたばかりの草花に気づき立ち尽くしたり、木陰を揺らす小鳥の鳴き声に心動かされじっと耳を澄まし、あれこれ思いを深めます。

本書は、この十数年にわたって、そのときどきの目に映ったもの、心に感じた思いをそのまま綴った文章を一冊にまとめたものです。人生の断片記録とでもいえましょうか。

「初めに、言葉があった」と聖書に記されています。思い返せば、人生の節目となったような出会いでは、いつも初めに言葉がありました。

奥飛騨から初めて上京するとき、駅頭まで見送りに来た母は列車が動き出す間際にひと言、「自分でいいと思う道を歩け」と告げました。東京で半年ほどしたころ、本屋の店頭でたまたま手に取った雑誌に載った佐藤春夫の短編小説「友情」をその場で立ち読みし、こんな物語を書く人は「どんな人だろう。会いたい」と思い、その足でご自宅を訪ねました。その日は忙しく、数日後に改めて訪問しました。

その日、佐藤春夫は初対面の私を前に、小説について一時間余り話されたあと、帰り際に「ひと月ほどしたら、またおいで」と告げられました。この思いもかけなかった「またおいで」のひと言が、母の告げた「いいと思う道」を歩むきっかけとなりました。

小説を書くには、とりあえず新聞記者になったらいいと思い新聞社に就職しました。取材活動に忙しくしていたころ、親しくしてくださった日本銀行の三重野康さんから、最初の出版のきっかけとなった「日本銀行の物語」を書いてもいいですよ、と告げられました。その三重野さんは、建ててまもない私の自宅を見に来られ、表札を書いてくださいました。

物書き人生を陰で何かと支えてくれた妻とは、定年後の毎夏、イタリア、フランス、スペイン、スイス、ポルトガルなど欧州の国を一か国ずつ十日前後の旅をしました。スイスのユングフラウの展望台やパリの凱旋門の上などでは、どこでも妻は笑顔で楽しそうでした。

妻は天国へ召される間際、「元気なうちは、一人で頑張ってね」と言いました。「一人で」とは、「また逢う日までの間」だと思っています。居間の棚には妻が牡丹の花を彫った木製の皿を飾っています。目にするたびに妻の笑顔が思い出されます。
本書は妻に捧げるささやかな紙碑です。

令和五年十一月吉日

砂原和雄

著者プロフィール

砂原和雄（すなはら かずお）

1938年、岐阜県飛騨市生まれ。
上京してまもなく佐藤春夫に出会い、学生のころたびたび訪問する。産経新聞論説委員、清水建設社長室、明海大学講師を経て、文筆活動に専念。
日本記者クラブ会員、日本エッセイスト・クラブ会員。
〔著書〕
『日本銀行物語　日銀マンの光と影』（1979年、泰流社）
『ザ・バンク　最先端を拓く三和マン』（1983年、産経新聞社）
『炎の森へ』（2008年、日本経済新聞出版）
『魂の刻』（2018年、静人舎）
『夢、遙か』（2019年、静人舎）
『命のかぎり』（2022年、静人舎）

小さな書斎から

2023年12月10日　初版第1刷発行

著　者　砂原和雄
発行者　馬場先智明
発行所　株式会社 静人舎
〒157-0066　東京都世田谷区成城4-4-14
Tel & Fax　03-6314-5326
印刷所　株式会社 エーヴィスシステムズ

ISBN978-4-909299-25-3